사라 상수리나무

사라 상수리나무

강신성 장편소설

문학나무

차차

사라 상수리나무

ㅅㅏㄹㅏㅅㅏㅇㅅㅜㄹㅣㄴㅏㅁㅜ

사라의 불

1

쨍그랑, 뭔가 박살나는 소리가 났다. 깜짝 놀란 사라 (한국대사 관저의 가정부)는 소리 나는 쪽을 바라보았다. 유리창이 왕창 깨어져 있고 그 깨어진 유리창을 통해서 시커먼 군인 한 명이 군화발로 들어왔다. 손에는 장총을 들고 머리에는 포탄 모자를 쓰고 있었다. 그가 깨어진 좁은 창문을 막힘없이 쑥 들오는 것을 보면 그는 사람이기보다는 귀신이었다. 귀신은 장총을 치켜세우고 사라에게 덤벼들었다. 사라는 놀라 뒤로 물러나면서 외쳤다.

"왜 이러십니까? 여기는 왜 오신 것입니까!"

귀신은 멈칫하더니 을러댔다.

"비켜, 한 대사, 그놈, 어데 있느냐! 내 그놈 잡으러 왔다. 어디 있느냐?"

"왜 그분을 찾으십니까?"

"몰라서 묻느냐? 남의 여편네를 도둑질해 간 놈, 그런 부정한 놈은 죽어야 마땅하다. 그놈, 어디 있느냐! 죽이고 말겠다."

자세히 보니 검은 귀신은 전 남편인 아프라였다. 그의 핏발 선 눈에는 살기가 등등했다. 그 살기에 노출된 한 대사가 위험하다는 생각이 들자 겁이 덜컥 났다. 사라는 그의 바짓가랑이를 붙잡고 애원했다.

"그분, 잘 못한 게 없소, 잘 못한 사람이 있다면 나요. 나를 죽이시오!"

"너도 가만 놔두지 않겠다. 그러나 먼저 한 대사 그놈을 해치워야겠다. 어디 있느냐?"

"안 돼요. 나를 죽이고 한 대사는 해치지 마시오. 내 마지막 부탁이요."

"마지막 부탁? 네가 감히 내 앞에서 아직도 그런 음탕한 놈을 감싸려고 하느냐! 너, 그러고도 살아날 것 같으냐!"

그는 사라를 세차게 밀쳐내고 한 대사가 있는 쪽으로 가려고 발을 뗐다. 사라는 다시 귀신의 발목을 움켜잡고 늘어졌다. 그러자 귀신은 사라를 발로 차냈다. 뒤로 벌렁 자빠진 사라는 깜짝 꿈에서 깼다.

여기가 어딜까? 어릿어릿 뜨인 눈에 희붐한 공간이 스며들었다. 밖에서는 요란한 총소리가 났다. 여기가 어딜까? 대리석 바닥, 누런 천정, 베니어판으로 된 칸막이, 가까스로 이태리대사관의 현관에 있는 것을 알아차렸다. 밖에서는 이른 아침부터 정부군과 반정부군이 싸우고 있는 모양이었다. 그런데 아까 창문이 박살나는 소리를 분명히 들었는데, 어디에서 났을까? 꿈인가, 현실인가? 사라는 눈을 비비고 주위를 둘러보았다. 현관 북쪽으로 난 창문이 왕창 깨져 있었다. 현실에서 일어난 일이 꿈속에서 재현된 것이었다. 정말일까? 사라는 눈에 힘을 주고 주위를 다시 잘 살펴보았다. 그러자 꿈보다 현실을 입증해주는 것들이 방에 널려있었다. 창문이 깨져있는 것, 서슬이 퍼런 유리조각들이 깨진 창틀에 들쑥날쑥 박혀있는 것, 방바닥에 깨진 유리 파편들이 너부러져있는 것, 무엇보다도 유리 파편 사이에 끼어있는 구리색 총알이 그런 것들이었다. 현실도 위험한 현실임을 날카롭게 보여주고 있었다. 아차, 한 대사님은? 대사님은 괜찮을까? 번쩍 정신이 든 사라는 큰 잘못을 저지른 것을 알고 당황했다. 한 대사를 챙기지 않고 늦잠을 자다니! 어떻게 꿈과 현실을 가리지 못한 채 자신의 할 일을 잊고 있었는지, 자신을 나무랐다. 두리번거리며 한 대사를 찾았다. 그는 방 한 구석에 벌써 깨어 앉아 고추세운 무릎을 양손으로 감싸 안고 그 위에 고개를 깊게 묻고 있었다. 그의 어깨가 아래로 축 쳐져 있었다. 무거운 짐이 그의 어깨를 짓누르고 있는 모양이었다. 그럴 만도 했다. 22명의 목숨을 돌봐야 할 책임이 큰 짐이 되어 억누르고 있는 것이었다. 안쓰러웠다. 저러다 그가 무거운 짐에 깔리면 큰일이었다. 그건 22명이 다 깔리는 불운을 의미하니까. 한 대사를 살펴야겠다고 생각한 사라는 조심스럽게 그의 곁으로 다가갔다.

"대사님, 괜찮으세요?"

"괜찮소."

"대사님, 얼굴이 안 되었어요."

"괜찮소."

"대사님, 이 탄환을 보세요. 이게 아까 창문을 부수

고 안으로 들어왔어요."

"나도 그 소리를 들었소. 유탄 같은데……다른 분들은 어떻소? 다친 사람은 없소?"

"없는 것 같아요. 그러나 여기 이태리대사관도 위험해요. 빨리 여기를 벗어나야 하는데……."

그때 다른 직원들도 한 대사에게 와 별일 없느냐고 아침 인사를 했다. 현관은 중간에 베니어합판으로 칸막이가 되어있는데 그 좌측에는 8명의 남한 사람들이, 그 우측에는 14명의 북한 사람들이 머물고 있었다. 그제 사지나 다름없는 공항에서 오갈 데 없는 북한 사람들을 한 대사가 관저로 데리고 왔다가 어제 이태리대사관으로 함께 피신해 온 것이었다. 북한 대사관 직원 중 이 서기관이 한 대사 있는 쪽으로 건너와 역시 안부를 물었다.

"대사님 괜찮으십네까?"

"괜찮소. 그쪽 직원들은 별고 없나요?"

"아까 창문이 부서지는 소리가 들렸는데, 이거 이러다 참변을 당하는 것 아닙니까? 언제 여기를 떠날 것 같습네까?"

"이태리 구조기 두 대가 오기로 되었으니 그게 빨리

와야 하는데……."

"정말 옵니까?"

"올 거요. 실은 구조기가 어제 오후 늦게 여기에 왔
는데 모가디슈 공항에서 총소리가 나는 것을 듣고는
무서워서 착륙하지 않고 그냥 갔다고 합니다. 공항 사
정이 낳아지면 구조기는 올 거요."

"그게 언제가 될지, 참 미칠 지경입네다. 그런데 이
태리대사관, 너무 하지 않습네까? 우리가 아무리 그들
에게 신세지고는 있다 해도 두 대사님에게는 이 관저
의 문간방 정도는 내주어야 하는 게 아닙네까? 그런데
이런 방도 아닌 현관을 숙소로 쓰라고 하니 이거 너무
한 것, 아닙네까?"

"우리를 받아준 것만도 감사한 일이지요. 그렇게 알
고 참읍시다."

한 대사가 말은 그렇게 해도 현관 구석에 쪼그리고
앉아있는 그의 모습은 사라가 보기에도 딱했다. 평소
한 대사에게는 뭔가 해내야겠다는 의기가 배어있었다.
그러나 지금은 그런 기개가 다 빠져나가고 폭 찌그러진
형국이었다. 그럴 만도 했다. 대가집 주인 행세를 하던
분이 하루아침에 남의 집 허접한 문간방 더부살이를

하게 되었으니 그 행색이 초라하지 않을 수 없었다. 그의 구멍난 양말을 보면 더욱 초라했다. 어제 이태리대사관을 두 번 오고 가는 통에 양말이 달아 떨어졌으나 그걸 대체할 여벌 양말이 없고 또 구멍난 곳을 꿰맬 침구가 없어 손 놓고 보고만 있으려니 사라의 속이 쓰렸다.

그때였다. 쿵 대포소리가 지층을 울리고 기관총 소리도 난장을 쳤다. 그러자 이태리대사관을 지키고 있는 이태리 군인들이 기관단총을 들고 우르르 정원으로 뛰쳐나갔다. 정원에서 곧 싸움이 벌어질 것 같았다. 모두 공포에 떨면서 바닥에 엎드렸다. 빨리 구조기가 와서 모두들 여기를 안전하게 떠나야 하는데, 사라는 속으로 빌었다.

한 대사는 자신을 포함해 함께 있는 사람들이 너무 의기소침해지지 않나, 걱정되었다. 그렇게 위축되었다가는 앞으로 닥칠 위기에 허둥대다 제대로 대처하지 못할 것 같았다. 모두 평정심을 회복하도록 격려해야겠다고 생각했다.

"여러분들 낙담 마시고 마음을 굳게 가집시다. 구조기는 꼭 올 것입니다. 사라, 우리 아침이나 먹읍시다.

먹고 힘을 냅시다."

사라는 직원들에게 레이션 박스 한 통씩을 배분했다. 레이션 박스는 이태리대사관 측에서 무료로 제공한 것인데 그 안에는 건빵, 고등어 통조림, 초콜릿, 비스킷, 물 한 병 등, 하루 분 식량이 들어 있었다. '이 북새통에도 먹어야 한다니……목숨이란 게 뭔지.' 누군가 푸념했다. 어제 이태리대사관으로 오는 도중 북한 동료 한 사람이 총을 맞고 죽었다. 그렇게 죽은 동료를 땅에 묻고도 먹을 것을 챙기는 자신들이 어이없는 모양이었다. 그래도 각자는 자기 박스를 뜯어 도생을 꾀했다.

사라는 한 대사 곁에 바짝 다가앉아 자기의 통조림 깡통에서 한 대사가 좋아하는 고등어를 집어내어 한 대사에게 권했다. 한 대사의 얼굴이 하루 밤 사이에 많이 수척해진 것이 마음 아팠다. 어제 밤늦게까지 온종일 사나운 일진과 사투를 벌리다 보니 한 대사의 심신이 몰라보게 파리해진 것이었다. 앞으로 할 일도 많은데 그런 몸으로 어떻게 견디어 낼지 걱정이 되었다.

"대사님, 이럴 때 일수록 식사를 많이 하셔야 해요. 위에 부담이 될지 모르니까 꼭꼭 씹어서 잡수시면서

요."

자기를 격려하는 사람은 그 누구도 아닌 사라였다. 그러는 사라를 보는 한 대사의 마음이 한결 편안해졌다. 그런데 자기를 바라보는 사라의 눈이 전과는 달라 이상하다고 생각했다. 전에는 어려워서 한 대사를 오래 바라보지 못한 사라가 이번에는 고개를 들어 오랫동안 한 대사를 지긋이 바라보았다. 그것도 별난 일이지만 사라의 눈이 촉촉이 젖어 있고 거기에 애수 같은 것이 안개처럼 짙게 끼어 있는 것이 더욱 의아스러웠다. 그런 애잔한 눈으로 오래 자기를 바라보기는 그게 처음이었다. 왜 그럴까? 무슨 곡절이 있는 것 같아 불안했다.

사라는 어제 밤 자신의 거취문제로 고민했다. 대사님은 나보고 함께 서울로 가자고 하신다, 그렇게 되면 나에게는 더할 나위 없는 행복이다, 그렇지만 과연 그게 한 대사님을 위하는 일일까? 한국에는 대사님을 보살필 사람이 많이 있을 것이다. 그러니 내가 가면 덤터기에 불과하지 않을까? 설사 간다 해도 그곳 사람과 인종, 문화, 언어가 다른데 잘 어울려 지낼 수 있을까? 그러지 못하고 애물단지 되기가 십상이다. 나는 한 대사님을 위해서 살아남은 사람이다. 그런 내가 한 대사님께 부담이 되어서는 안 된다. 또 비시나 신령님은 뭐라고 하실까? 한 대사님의 안녕과 행복을 지킬 수 있는 분은 비시나 신령님뿐이다. 그런 신령님을 내가 한국에 가서 모실 수 있도록 허락하실까?

사라는 눈을 감은 채 가슴에 손을 얹고 비시나 신령님께 빌었다.

"신령님, 저, 한 대사님을 따라 서울로 가게 해주세요."

"너는 평생 나를 섬긴다고 약속하지 않았느냐! 그 약속을 배반할 참이냐?"

"아닙니다. 저 한국에 가서도 변함없이 신령님을 모실 것입니다."

"안 된다. 나는 소말리아의 지모태(地母太)신인 것을 너도 잘 알지 않느냐. 소말리아를 떠날 수 없다. 떠나면······."

떠나면 신통력을 잃게 된다고 말 하려고 하는 것 같았다. 어려서 그렇게 부모님으로부터 배웠지만 설마 그럴까 했는데 그게 사실인 모양이었다.

"네 분수를 알아라. 너도 이 땅의 사람이다. 이 땅의

기로 사는 사람이다. 다른 곳으로 가면 너의 본래의 기를 잃어 불행해진다. 너만 불행해지는 것이 아니라 남에게도 불행을 끼친다."

"신령님, 한 대사님 안 계신 곳에서 혼자 산다는 게 저에게는 얼마나 큰 불행인지 한 번이라도 헤아리신 적이 있습니까?"

"잘 안다. 그러나 그게 이 땅에서 태어난 네 운명이다. 운명을 거역할 셈이냐!"

"……알겠습니다."

운명을 거역하면서까지 해서 한 대사에게 불행을 끼칠 수는 없었다. 이태리대사관을 떠나 관저로 돌아가기로 마음을 굳혔다. 그러나 차마 한 대사에게 떠난다는 말을 입 밖에 낼 수가 없었다. 고민하던 중 때마침 일행 중 소말리아에 사는 유일한 한국 교포 이규수가 오더니 한 대사에게 자기는 관저로 돌아가야겠다고 했다.

"대사님 잘 주무셨습니까? 이미 말씀드린 대로 저는 관저로 돌아가겠습니다. 데리고 온 군인경찰들을 데리고 지금 총소리가 뜸할 때 떠나겠습니다."

"괜찮을까? 돌아가는 길도 위험할 텐데?"

"뭐 괜찮습니다. 집들이 방패막이가 되어주는 골목 길을 택해서 가면 괜찮을 것입니다."

이 씨는 모가디슈에 현지처를 두고 있고 식당과 어업 등 하는 사업도 가지고 있어 남아있겠다고 하는 것을 한 대사는 알고 있었다. 아무리 전쟁 통이라고 해도 어렵게 마련한 생활터전을 포기하는 것이 어려울 것이라고 짐작했다.

"영 뜻이 그렇다면 할 수 없지요. 그간 여러 가지로 도와주셔서 감사합니다. 내 서울에 돌아가면 우리 정부에 이 씨의 포상을 건의하겠소."

이때다 싶어 사라는 한 대사 앞으로 나갔다.

"대사님, 저도 가게 해주세요."

그녀의 눈에는 벌써 눈물이 고여 있었다. 한 대사는 깜짝 놀랐다. 한동안 말없이 눈을 크게 뜨고 사라를 바라보았다. 한 대사는 전혀 의외로 나오는 사라가 믿기지 않았다.

"아니, 그게 무슨 말이요? 나와 함께 소말리아를 떠나기로 하고 여기에 온 것 아니요?"

"대사님, 저는 어제밤 내내 비시나 신령님께 대사님을 따라가 모실 수 있도록 해달라고 애원했어요. 그런데 신령님께서는 그렇게 하면 저는 대사님께 도움이 되기보다는 짐만 된다고 하면서 질책하셨어요."

"짐은 무슨 짐. 지금이 가장 위험한 때요. 이때를 피해 잠시 밖에 나가 있다가 전쟁이 끝나면 돌아오면 되지 않소?"

"저는 학질을 앓을 때 이미 죽은 몸이에요. 지금은 아무래도 좋아요. 대사님만 무사하시고 행복하시면 그게 제가 바라는 전부……."

사라는 말을 맺지 못하고 허물어지듯 주저앉았다. 숙인 고개와 어깨가 울음을 삼키느라 애쓰고 있었다. 그런 사라를 바라보면서 한 대사는 사라의 의사를 어기고 자리를 옮겨주는 것이 과연 그녀를 위하는 일인지 자신이 없었다.

"영 그렇다면 할 수 없지……그러면 우리 관저에 돌아가서 내가 돌아올 때까지 집을 지키고 잘 계시오. 이제는 사라가 우리 집 주인이오. 전쟁이 끝나는 대로 나는 돌아올 것이오."

"……."

"사라, 몸조심하고 잘 계시오. 그리고 우리 집 2층 광에 내가 쓰던 옷가지와 여러 생활도구가 있는데 내가 돌아오는 것이 늦거나 돌아오지 못 할 경우에는 그것들을 처분해서 살림에 보태 쓰시오."

'돌아오지 못할 경우'란 말에 사라는 눈을 번쩍 들어 한 대사를 올려다보았다. 눈물로 범벅이 된 눈에 검은 그림자가 스쳤다.

"……."

이때 이규수가 빨리 가자고 독촉했다. 사라는 못 들었는지 자기의 허름한 손가방에서 무언가를 꺼냈다. 배 띠였다.

"대사님, 대사님은 위가 약하시니까 이 배띠를 꼭 차세요. 서울과 같이 날씨가 추운 데서는 배를 따뜻하게 해야 해요."

하면서 한 대사에게 건네주었다. 그 손이 가늘게 떨렸다.

이규수는 빨리 떠나자고 다시 재촉했다. 아침 일찍 떠나는 것이 덜 위험하다고 했다. 사라는 미련을 단념하고 일어났다. 한 대사를 한 번 다시 쳐다보았다. 그의 눈에서 뭔가를 찾고 있었다.

사라는 이 씨를 따라 현관을 나왔다. 다리가 휘청거리고 눈이 어질어질 했다. 그런데도 눈은 한 대사를 찾앉다. 뒤를 돌아보니 한 대사가 현관 밖에까지 나와 야자수 나무에 기댄 체 두 사람을 배웅하고 있었다. 직원한 사람이 한 대사에게 다가가 밖은 위험하니 안으로 들어가라고 했다. 그러나 한 대사는 괜찮다고 손 사례를 하면서 여전히 야자수에 기대어 배웅하고 있었다. 그 모습이 처연했다. 한 대사의 그 처연한 모습, 그게 사라가 작별하면서 한 대사 눈에서 찾고 있었던 것이었다. 슬픔 속에서도 좀 위안이 되었다. 한 대사에게 다시 한 번 고개를 숙여 작별 인사를 하고 사라는 발걸음을 옮겼다.

사라는 이규수를 따라 정원 아래로 내려가 거기에 주차해 둔 이규수 차를 탔다. 뒷좌석에 앉아 뒤쪽 유리창을 통해 다시 뒤돌아보았다. 한 대사가 아직도 힘없이 야자수 나무에 기대서서 사라 쪽을 처연히 바라보고 있었다. 내 저 모습은 잊지 않으리라, 사라는 잎 술을 깨물면서 다짐했다. 그 다짐과 동시에 벌써 그 처연한 모습은 사라의 마음에 잊힐 수 없는 추억으로 박혀버렸다.

사라가 떠나고 나서 한 대사는 현관 구석 자기 자리로 돌아가 다시 무릎 사이에 머리를 박고 생각에 잠겼다. 마음이 허전했다. 아무래도 시중을 드는 사라가 떠난 자리가 생각보다 컸던 것이다. 어쩌다 그런 가까이 있는 사람조차 곁에 두지 못할 정도로 무력한 사람이 되었는가 하는 자괴감이 그 허전함을 가중시켰다.

전쟁 때문이었다. 소말리아에 전쟁이 일어나지 않았다면 사라와 그런 허전한 이별을 하지 않았을 것이다. 어쩌다 소말리아에 와서, 자기와는 무관한 사람들이 자기와는 무관한 이유로 싸우고 있는 전쟁에 휘말려 무상(無償)의 고통을 당해야 하는지, 어처구니없었다. 더 어처구니 없는 것은 자기 자신이었다. 지금 전쟁이 에워싸고 있는 이태리대사관은 자칫하면 목숨을 잃을 수 있는 위기의 상황에 있다. 여기를 탈출해야 한다. 그러나 그건 생각일 뿐 행동이 따라주지 않는다. 생각과 행동이 완전히 괴리된 부실한 인간이 된 것이다. 굳이 내가 할 수 있는 일이란 이태리 정부와 이태리대사관이 주선하는 구조기를 기다리는 일 밖에 없다. 나의 목숨을 전적으로 타자에 의존하고 있다. 자기 생명 하나도 건사 못하는 무력하고 부실한 사람이 누굴 도울 수 있겠는가, 사라가 떠나기를 잘 한 것이다.

전쟁은 그 명분이야 어떻든 일상의 사람과 일상의

생활양식을 왜곡한다. 인간이나 사회가 비도덕적, 비이성적으로 왜곡된다. 한 대사 자신도 예외가 아니라고 생각했다. 다만 하나의 예외가 있었다. 사라였다. 상황의 왜곡은 사라의 착한 심성을 왜곡할 수 없었다. 그런 사라를 지키지 못한 자기가 부끄러웠다. 사라를 떠나보내면서 오랫동안 배웅한데는 이별을 애석해하는 마음도 있었지만 그 부끄러움에 대한 회한도 끼어 있었다.

소말리 내전은 어떻게 발생했는가?

소말리아 육군참모총장 바레 중장은 1970년 무혈 쿠데타를 일으켜 당시의 민간정부를 전복하고 혁명정부를 수립하여 1인 독재정치를 해나갔다. 처음 10여 년은 무난하였으나 갈수록 국민의 민주화 욕구가 득세하자 그는 자신의 측근과 자기를 지지해주는 부족을 중심으로 억압 정치를 강화해 갔다. 그러자 그를 위요한 권력집단이 국가의 부를 독점, 부패해 갔고 이에 저항하는 반정부 세력이 군사조직으로까지 확장되었다. 그리하여 소말리아 전역에 4개의 군벌이 반정부 군대를 조직하고 활동했다.

그러던 중 1989년 10월, 모가디슈 성당의 신부가 괴한에 의하여 백주에 살해되는 사건이 발생했다. 신부는 소말리아와 같은 살기 어려운 나라에서 40년을 근무하면서 포교보다는 어린이 구호활동을 주로 했다. 그 때문에 많은 모가디슈 시민은 그를 존경했다. 신부는 서양을 상징하는 인물이었다. 그런 분이 살해된 것은 서양이 살해된 것이나 마찬가지였다. 뿐만 아니라 소말리아 경제는 서구의 원조에 크게 의존하고 있었다. 이처럼 신부의 변고는 서양과 민감한 관계에 있기 때문에 그걸 어떻게 해결하느냐에 따라 바레 정부의 명운이 갈릴 판이었다. 그런데 그 문제를 해결한다고 나선 바레 정부는 엉뚱하게도 반정부 인사 49명을 밤에 잡아다 해안가에서 총살했다. 그 사건은 반정부 인사들이 서양과 바레 정부를 이간질하기 위해 꾸민 것이라는 이유를 대고서였다. 그러나 국민들은 속지 않았다. 분노한 국민은 20여 년 만에 처음으로 대규모 반정부 데모를 벌리고 정부에서는 군대를 동원, 무력으로 진압했다. 그 과정에서 2,000여 명의 살상자가 발생했다. 이 무도한 처사를 본 국민은 반정부 활동을 더욱 강화하고 구라파의 국가들은 인권유린을 들어 바레 정부에 대한 경제적 지원을 단절하기 시작했다. 이리하여 바레 정부는 돌이킬 수 없는 몰락의 길로 치닫고 있었다.

1990년 12월 30일, 소말리아의 수도 모가디슈에서 드디어 반정부군이 5년을 벼르던 내전을 감행했다. 소말리아 중부지방에서 준동하던 반정부군 결사체인 USC(United Somali Council)이 아이디드(Idid) 장군의 인솔 하에 감쪽같이 수도 모가디슈에 입성했다. 당일 오후에는 대통령궁 주변을 포위하고 20년 독재자 바레를 잡고자 정부군과 치열한 공방전을 벌렸다.

수세에 몰린 정부가 치안을 챙길 수 없게 되자 모가디슈는 그 전체가 도덕적 아노미에 빠지고 그 틈을 이용하여 무장강도가 발호했다. 강도들은 주로 재물이 있는 외국공관과 관저를 약탈의 대상으로 삼았다. 한 대사의 관저도 예외가 아니었다.

1991년 1월 4일 12시 경이었다. 사라가 부엌에서 설거지를 하고 있는데 갑자기 대문을 두드리는 소리가 요란했다. 좋지 않은 예감이 든 사라는 우선 한 대사의 안위가 걱정되었다. 한 대사가 있는 2층 방으로 부리나케 올라가 보았다. 한 대사는 반달창가에 뒷짐을 지고 바깥을 굽어보고 있었다. 대문 밖에 헌 스리쿼터 차 한 대가 서 있고 괴한 네 명이 문을 두드리며 열라고 소리 지르고 있었다. 그중 두 명은 장총을, 나머지는 쇠스랑을 메고 있었다. 무장강도였다. 그들은 문이 열리지 않자 발로 차기 시작했다. 그때 관저에 두고 있는 경비경찰 핫산은 겁을 잔뜩 먹고 날쌔게 차고 뒤로 숨어 들어가는 것이 보였다. 한편 또 한 명의 경비경찰 목탈은 민첩하게 대문으로부터 담장을 끼고 5미터 안으로 들어간 다음 앉아 쏴 자세로 총을 잡고 대문을 겨누고 있었다. 강도들은 이번에는 대문을 총개머리 판으로 팼다. 그래도 열리지 않자 대문에 대고 총을 갈기었다. 총소리와 함석 대문이 터지는 소리, 뒤쪽 차고의 시멘트벽이 부서지는 소리가 온 집안을 진동했다. 그때였다. 목탈이 대문을 조준하고 총을 쏘았다. 목탈의 총소리가 괴한들의 것을 압도했다. 그러자 괴한들은 주춤하고 서로 얼굴을 마주보더니 서둘러 차에 올라타고 달아났다. 목탈이 아니었으면 관저 사람들은 큰 봉변을 당할 뻔했었다.

　무장강도의 침입 사건은 한 대사에게 큰 충격이었다. 앞으로도 비슷한 위험한 사건이 벌어질 것 같은데 목탈과 핫산만으로는 방어하는 데 부족할 것 같았다. 한 대사는 평소 잘 알고 지내던 경찰청장을 찾아갔다. 관저가 당한 봉변을 설명한 다음 슬며시 미화 300불을 건네주고는 군인경찰 4명을 추가로 얻어 관저로 데리고 돌아왔다. 이렇게 해서 관저에는 6명의 경비경찰이 주둔하게 되었다.

시내의 전쟁은 쉽게 끝날 것 같지 않고, 무장강도는 날뛰고, 먹을 식량은 딸리고, 아무래도 모가디슈를 떠나야겠다고 한 대사는 생각했지만 결행하기를 미적거리고 있었다. 국유재산을 버리고 떠나는 것도 그렇고 본국의 허가 없이 임지를 이탈하는 것도 마음에 걸렸기 때문이었다. 그런데 미국대사관이 철수했다는 소식을 듣고는 한 대사도 철수하기로 결심했다. 마침 공항에 구조기가 온다는 소식을 듣고 짐을 싸들고 공항에 나갔다가 거기서 북한 대사관 사람들을 만났다. 외교관 5명의 부부와 아이들 4명, 총 14명이었다. 그들도 구조기를 기다린다고 했다. 그러나 기다리던 구조기는 왔으나 활주로 끝에서 이태리 시민들만 태우고 떠났다. 나중에 안 일이지만 그 구조기를 타려면 미리 모가디슈에 있는 이태리대사관의 허가를 받았어야 했다.

그걸 몰랐던 남북한 사람들은 허탕을 치고 허탈했다. 한 대사는 관저로 돌아가려다 북한 사람들을 쳐다봤다. 신경에 쓰인 것이었다. 북한 대사에게 그쪽은 어떻게 할 것이냐고 물었더니 공항에 그냥 남아 구조기를 기다리겠다고 했다. 그들의 대사관으로 돌아가면 되지 않느냐고 물었더니 그들은 돌아갈 수 없다는 것이었다. 그 돌아갈 수 없는 사정이 놀라웠다.

북한 대사에 의하면 북한 대사관은 8번이나 약탈당했다고 했다. 경비병을 둘 경제적 여력이 없는 그들은 속수무책으로 당했다. 더 이상 대사관에 머물다간 생명을 내줄 수밖에 없을 것 같아 그들은 대사관(사무실 겸 숙소)을 버리고 공항으로 나왔다고 했다. 그곳에 눌러 있다가 구조기가 오면 탈 심산이었다. 구조기가 올지, 또는 설사 구조기가 온다 해도 태워준다는 보장이 없는데도 막연히 구조기를 기다리고 있을 수밖에 없다고 했다.

한 대사는 그들 보고 자기 관저로 가자고 제의했다. 공항은 군사적 요충지임으로 그걸 장악하기 위한 전쟁이 그날 밤에라도 정부군과 반정부군 간에 벌어질 공산이 컸고 그렇게 되면 거기에 있던 북한 사람들이 싸움에 휘말려 생명을 잃을 것이 빤했다. 그런 위험을 설명하고, 6명의 무장경찰이 지키고 있어 비교적 안전한 자기 집으로 가자고 설득했다. 그렇게 해서 북한 측 직원들이 한국 대사의 관저에 오게 된 것이었다.

그러나 관저도 안전한 곳은 못 되었다. 지키고 있는 경찰군인 6명을 수당으로 잡아두고 있었으나 언제 이탈할지 몰랐다. 자기들을 지휘할 명령계통이 사실상 와해되고 있는 형편이라 각자도생의 길을 찾아 떠날 것 같았다. 그보다 더 절박한 위험이 있었다. 식량문제였다. 갑자기 불어난 식구들을 먹일 식량이 며칠 있으면 바닥이 날 형편이었다. 빨리 모가디슈를 떠나야 그런 어려운 문제를 해결할 수 있었다. 한 대사는 이태리 대사관에 가서 도움을 청하기로 했다. 그때 구조기를 불러올 수 있는 기관은 이태리대사관뿐이었다. 소말리아를 식민지배한 이태리는 여전히 막강한 종주권을 행사하고 있었기 때문에 소말리아 내전의 양측 당사자들도 이태리대사관을 함부로 대할 수 없었다. 때문에 이태리대사관은 비교적 안전한 피난처였다.

한 대사는 북한 사람들이 관저로 오던 그 이튿날 아침 일찍 경비병 두 명을 차에 대동하고 이태리대사관에 갔다. 거기는 전장에 근접해 있기 때문에 그곳에 가는 것은 목숨을 건 모험이었다. 다행히 이태리 대사를 만나 구조기 탑승을 교섭했다. 이태리 대사는 구조기가 한 대 마련되었으나 이태리대사관에 모여든 300여 명의 이태리 국민을 태우기에도 벅찬 상태라 우선 한국 측 직원 7명만 타고 가라고 했다. 그러나 한 대사는 그럴 수 없다, 죽어도 북한 사람들과 함께 죽고 살아도 함께 살아야한다고 버티면서 다 함께 구조기를 탈수 있도록 선처해달라고 애원했다. 감동을 받은 이태리 대사는 다시 로마 본국과 4시간여 교섭 끝에 구조기 한 대를 추가로 얻어냈다. 그리하여 다 함께 떠나게 되었다.

한 대사는 이태리 대사로부터 중형 차 한 대를 빌려 타고 관저로 돌아왔다. 그날 오후 한국 측 인원 8명과 북한 공관원 14명을 4대의 차에 나누어 싣고 이태리 대사관으로 막 떠나려고 할 참이었다. 대문이 요란하게 열리더니 압디가 건장한 청년 10여 명과 함께 우악스럽게 들어왔다. 압디는 곧 바로 한 대사에게 다가가 거친 소리로 외쳤다. 한 대사보다 사라가 더 놀랐다. 일찍이 압디가 한 대사에게 그렇게 불손하게 나온 적이 없었기 때문이었다.

"대사님! 사라는 못 데리고 갑니다. 놔두고 가십시오."

사라를 흠모하는 압디에는 절박감이 있었다. 따라 들어온 청년들도 같은 고성을 질렀다. 경비병들이 우르르 몰려왔다. 압디가 주위를 둘러보면서 무어라고 강경한 소말리 말로 외쳤다. 한 대사가 소말리아 여자를 강제로 데리고 가려고 하니 말려야 한다고 하는 것 같았다. 그에 맞추어 청년들이 한 대사에게 한 발짝 대들면서 "노오! 노오!"라고 소리쳤다. 분위기가 험해졌다. 경비병들은 어정쩡하게 보고만 있었다. 그들도 한 대사 편은 아니었다. 그때 목탈이 나섰다. 청년들을 막고 소말리 말로 뭐라고 말했다. 그런 다음 사라에게 가 뜩 같은 말을 했다. 사라가 가고 안 가는 것은 사라가 결정할 문제라고 하는 것 같았다. 그러자 사라가 모인 사람들 앞으로 차분히 나아가 단호한 목소리로 뭐라고 호소했다. 그러자 이번에는 모든 시선들이 압디를 향했다. 그때 압디가 사라 앞에 무릎을 꿇고 사라의 가방을 제 가슴에 끓어당기면서 뭐라고 간절한 말을 했다. 가지 말라고 애원하는 것 같았다. 그런 압디를 사라는 한동안 내려다보았다. 그러다 결연히 가방을 채가지고 한 대사 차에 올라탔다. 그러고는 한 대사에게 빨리 떠나자고 재촉했다.

압디가 그 난리를 치는 바람에 출발 시간이 30여 분 지연되었다. 그래서 원래 떠나려고 한 아잔 시간(회교도의 기도 시간, 그 시간대에는 전쟁을 하는 사람들도 싸움을 멈추었다)에 못 떠나고 군인들이 싸움을 재개한 시간에 떠났기 때문에 가는 도중 큰 사고를 당했다. 이태리대사관은 대통령궁 근처에 있기 때문에 그 일대에는 정부군의 경계가 삼엄했다. 그런 곳을 한 대사 일행의 4대의 차가 다가가자 정부군은 반정부군의 차가 공격해오는 것으로 오인하고 무차별 총격을 가했다. 그 통에 북한 외교관 한 명이 심장에 총을 맞고 30여 분 만에 사망했다. 총 사례를 간신히 피해 이태리대사관에 도착한 나머지 한 대사 일행은 그날 밤 사망한 북한 외교관을 이태리대사관 화단에 묻고 남북한이 함께 장례식을 치렀다. 시신을 묻을 때 한 대사의 지시에 따라 한반도가 있는 동북 방향으로 묘를 파고 묻었다. 그렇게 해서라도 사망자의 영혼이 본국으로 돌아가기를 바랐던 것이다. 이 사실은 안 북한 사람들은 적잖은 감동을 받았다고 했다.

우여곡절 끝에 이태리대사관에 와서 하루 밤을 지세운 다음날 아침, 사라와 이규수는 전날의 기구한 사건들을 뒤로한 채 관저로 돌아가겠다고 나섰으니 발걸음이 가벼울 이 없었다.

사라는 이태리대사관 정문을 나왔다. 정문이 뒤에서 둔탁한 소리를 내며 닫히면서 사라를 문 밖으로 매몰차게 내 몰았다. 내 몰린 곳은 한 데였다. 먹을 것이 없는 메마른 땅인데다 전쟁이 양산한 인간 하이에나가 설치는 곳이었다. 한 대사의 보호 없이 그런 삭막하고 위험한 들판을 어떻게 살아가야할지 사라는 막막하고 겁이 났다. 부모가 바레 정권의 핍박을 이겨낼 수 없어 지부티로 떠나고 사라 혼자만 모가디슈에 남았을 때의 막막한 심정이 새롭게 밀려왔다. 한 대사 없이 어떻게 살아간단 말인가! 아니다! 이래서는 안 된다! 왜 한 대사님 곁을 떠나야 하나? 그게 어째서 내 운명이란 말인가? 나는 한 대사님에게 돌아가야 한다, 돌아가야 한다, 사라는 벌떡 일어나면서 외쳤다.

"차를 세워주십시오! 이 선생님!"

"왜 그러시오?"

"저는 한 대사님께 돌아가겠습니다!"

"뭐라고요?"

"대사님께 돌아가야 합니다! 차를 세워주세요!"

"차를 세우다니, 여기는 지금 총탄이 빗발치는 곳이요. 세울 수 없소."

"그래도 나는 돌아가야 합니다."

"사라 씨, 진정하시오. 대사님이 말리실 때는 듣지 않고 지금 와서 돌아간다니 그게 무슨 말입니까? 그러다 변을 당하면 대사님께서 얼마나 상심하시겠습니까!"

한 대사가 상심해서는 안 되었다. 그분의 마음을 아프게 해서는 안 되었다. 사라는 가든 길을 가기로 했다.

"그냥 가십시다. 이규수 씨! 미안해요."

이제는 관저로 돌아갈 수밖에 없었다. 이태리대사관의 닫힌 철문이 점점 뒷전으로 멀어져 가면서 지금까지 함께 살아온 소중한 사람들과 사이에 높은 벽을 쳐놓고 있었다. 무슨 억하심정으로 그렇게 갈라치는지, 검붉은 벽이 원망스러웠으나 그건 이제는 넘어갈 수 없는 절벽이었다.

차는 허름한 시멘트 집들이 빼꼭히 들어선 골목길을 지나고 있었다. 여전히 차창 밖 멀리에서 총소리가 요란하게 들려왔지만 그건 사라에게는 꿈속에서 들려오는 딱총 소리였다. 꿈속에서 차가 자꾸 뒤뚱거렸다. 한 대사가 작별하면서 보인 처연한 모습이 자꾸 차의 발목을 잡고 있었다.

차가 휙 돌았다. 몸이 한 쪽으로 쏠리면서 사라는 꿈속에서 튀어나왔다. 차는 한 길에서 골목길로 들어선 다음 멈추었다. 무슨 변고가 있는가? 밖을 내다보았다. 총소리가 한층 선명하게 들렸다.

"사라 씨, 우리 차를 노리는 군인들이 있소. 몸을 낮추고 고개를 숙이시오. 잘못하다간 총탄을 맞을 수 있으니 조심하시오."

조심이라! 그러나 사라는 자기는 아무래도 좋다고 생각했다. 차라리 총에 맞아 죽는 편이 낳을 것 같았다. 홀로 가는 삭막한 들판, 가시나무밖에 없고 먹을 물도 밭은 메마른 땅, 먹이를 찾아 발호하고 있는 하이에나가 날뛰는 곳, 그런 곳을 감내하며 살아갈 보람이 뭣이란 말인가? 한 대사 없이 살아갈 보람이 뭣이란 말인가? 학질을 앓을 때 죽게 내버려 두었으면 그런 미아와 같은 불행을 당하지 않았을 것을, 한 대사가 야속하기도 했다.

학질은 재작년 7월 중순에 있었던 일이었다. 사라가 한 대사 집에 가정부로 채용된 지 6개월 쯤 되는 어느 날이었다. 몸이 으슬으슬 춥고 열이 났다. 그래도 이를 악물고 일을 했으나 그 이튿날은 도저히 견딜 수 없었다. 대사 부인에게 사정을 말하고 그날 오후 일찍 퇴근하여 집에 돌아갔다. 며칠 쉬면 나을 것으로 생각했으나 며칠에 며칠이 지나도 나아지지 않고 점점 더욱 악화되었다. 일어나기도 어려웠다. 이러다가는 자기는 죽는가보다 하고 죽음을 예비하고 있었다. 그런 참에 한 대사가 찾아왔다.

한 대사가 방에 들어올 때 사라는 눈을 잠깐 뜨는가 싶더니 이내 다시 감았다. 한 대사가 보기에 사라는 거의 혼수상태에 빠져있었다.

"압디 군, 사라가 어쩌다 이지경이 되었는가?"

"학질에 걸린 것 같아요. 여기서 학질에 걸리면 낫기가 어려운데 야단났습니다."

한 대사는 손을 뻗어 사라의 이마를 짚어봤다. 열이

대단했다. 그때 사라가 한 대사의 손을 꽉 잡았다. 눈은 감은 채였다. 한 대사가 놀라 손을 빼려고 하자 사라는 잡은 손을 놓아주지 않았다. 다 죽어가는 형국에도 어디에 그런 힘이 있는지 놀라웠다. 한 대사는 손이 잡힌 채 한동안 가만히 보고만 있었다. 그러면서 속으로는 이거 야단났구나, 병원에 데리고 가봐야겠구나 하는 생각을 했다.

"압디 군, 심각해. 병원에 가보아야겠어. 제일 좋은 병원은 어딘가?"

그때 사라는 일어나려고 했다. 눈은 감은 채였다. 한 대사는, "그대로 누어있어요." 하며 사라를 못 일어나게 눌렀다. 그리고 압디를 쳐다보며 아까 던진 질문에 대답하기를 기다렸다.

"대사님도 아시다시피 여기 병원은 국가에서 운영하지만 제대로 약도 못 대고 쓸 만한 의사도 없어서 가봐야 별로 소용이 없습니다."

가난한 사회주의 국가의 의료 시설과 운영이 형편없는 것을 한 대사도 알고 있었다.

"사설 병원이 있다는 소문을 들었는데 거기에 가보면 어떨까?"

"사설 병원은 좀 낫지만 거기는 치료비가 비싸서 서민들은 잘 이용하지 않습니다."

"압디 군, 그럼 모가디슈에 나와 있는 세계보건기구(WHO)의 소장인 중국인 의사한테 가보세. 사라를 내 차에 태우게."

한 대사는 누워있는 사라의 등 뒤로 팔을 넣어 일으켰다. 사라는 축 쳐진 채 한 대사에게 몸을 부리고 있었다. 압디의 도움을 받아가며 사라를 차의 뒷좌석에 누이고 떠났다. 길이 울퉁불퉁하여 차가 위 아래로 튀었다. 갑자기 뒤에서 퉁하고 떨어지는 소리가 들렸다. 뒤돌아보니 사라가 뒷좌석에서 차 바닥으로 떨어져 있었다. 한 대사는 차를 세우고 뒷좌석으로 가 사라를 일으켰다. 사라는 키가 큰 편이라 뒷좌석을 다 차지했다. 한 대사는 할 수 없이 그녀의 윗몸을 자기의 무릎에 얹혀 놓고 갔다. 압디가 운전을 하고 얼마를 가는데 사라가 뭐라고 중얼거렸다.

"대사님 저 좀 일으켜 주세요……. 대사님 식사를 준비해야하는데 왜 몸이 말을 듣지 않지요? 일으켜주세요."

그러고는 눈은 여전히 감은 채 일어나려고 꿈틀거렸

다. 한 대사는 사라를 지그시 눌러 못 일어나게 했다. 그런 자세로 중국인 의사에게 갔다. 중국과는 국교가 없음으로 중국인 의사가 한국 대사의 요청을 들어줄지 걱정이 되었으나 다행히 그 의사는 한 대사 일행을 따뜻이 맞이해주었다. 그는 중국인이기에 앞서 유엔의 정신을 몸에 익힌 유엔의 직원이었다.

의사는 사라가 학질을 앓고 있다고 했다. 학질은 모가디슈와 같은 보건 환경이나 의료시설이 열악한 곳에서는 치사율이 높음으로 조금만 늦었으면 변을 당할 뻔했다고 하면서 사라에게 주사도 맞히고 키니네 약도 먹였다. 그 후로도 열흘 간 네 번 사라를 데리고 의사한테 가 치료를 받고 사라는 많이 나아졌다.

사라가 혼수상태에서도 자기 할 일을 챙기는 것을 보고 마음이 움직인 한 대사는 사라가 엔간히 나아지자 아예 관저에 와서 기거하면서 일을 하라고 했다.

한 대사가 처음 사라 집을 가보고는 놀랐다. 사람이 사는 집이라기보다는 돼지우리 같은 누추한 움막이었다. 그런 누추하고 불결한 집에서 기거하면서 병이 안 걸리면 그게 이상할 것이라고 생각했다. 데리고 사는 사람이 어떠한 형편에 사는지 챙기지 못한 자신의 무심이 잘못이라는 생각이 들었다. 그런 자책에서 사라를 관저에 두기로 한 것이었다. 그렇게 해서 사라는 완전히 관저 사람이 되었다.

사라는 자기가 학질을 앓고 있을 때 한 대사가 도와주지 않았으면 죽은 사람이나 다름없다고 여겼다. 자기와 같은 사람을 일국의 대사가 그렇게 보살펴 준 것이 너무나 과분한 대우여서 그때 일을 생각하면 몸 둘 바를 몰랐다. 앞으로 온 정성을 다 하여 한 대사를 모셔야한다고 다짐했다. 따지고 보면 다 죽은 자기를 살려 주었으니 지금의 자기는 자기의 것이 아니라 한 대사의 것이었다. 그렇게 사라는 한 대사를 위해 살아남은 사람이라고 생각했다.

학질에 걸렸을 때를 생각하다보니 한 대사가 그리웠다. 한 대사가 처음 와서 누워있는 자기의 이마를 짚어볼 때, 차 안에서 한 대사의 무릎에 안겨 있을 때, 비몽사몽 중에도 그게 한 대사란 것을 어렴풋이 알아차리고는 행복했던 생각이 났다. 한 대사가 그리워지자 눈은 떠있어도 바깥세상은 보이지 않았다. 밖에는 한 대사가 없기 때문이었다. 보이는 세상은 그녀의 마음 안

에 있었다. 거기에는 한 대사가 있음으로. 특히 현관에
나와 자기를 보내면서 처연하게 서 있던 한 대사는 그
보이는 세상을 받치고 있는 중심이었다. 그런데 그 중
심이 어째서 그런 처연한 모습을 하고 있었을까? 물론
내가 잘 못 될까봐 걱정해서 그랬을 것이다. 그게 다였
을까? 뭔가 그 이상의 것이 있지 않았을까? 있다면 그
게 뭣일까? 나에 대한 일말의 애틋한 정이 아니었을
까? 정이라니, 그건 당치 않은 생각이다. 지체 높은 분
이 나 같은 천한 것에 그런 감정을 가질 이 없다. 그리
고 여태껏 그런 내색을 보인 적이 없지 않은가. 그러나
이번에는 그 당치도 않게 생각되는 감정을 한 대사가
보인 것으로 사라는 믿고 싶었다. 이제 육안으로는 볼
수 없고 마음의 눈으로만 추억하는 한 대사는 슬픔이
었다. 슬픔이지만 앞으로 자기의 삶을 지탱해줄 중심
이 되는 슬픔이라고 사라는 생각했다.

주인지킴이

2

　차가 비좁은 골목길을 나왔다. 갑자기 차 안이 환히 밝아졌다. 집들에 가려있던 바다가 좌측에 나타나 밝은 빛을 투사하고 있기 때문이었다. 확 트인 넓은 바다는 잔잔했다. 거침이 없는 평화였다. 그런 바다가 전에는 좋았다. 바다와 자신이 일체가 되어 거침없는 평화를 누릴 수 있었다. 그런데 지금은 바다가 어깃장을 놓고 있었다. 남은 임을 잃고 속이 타는데 바다는 아무 일 없다는 듯이 태평하니 야속했다. 그런데 임이라고 했나? 참 주제넘은 인간이라고 바다는 비웃을 것 같았다.

갑자기 차가 옆으로 기울면서 돌았다. 몸이 한쪽으로 쏠리면서 차창을 치는 바람에 안으로 침잠했던 생각이 수면 위로 떠올랐다. 그 제서야 밖이 보였다. 어느새 차는 K4 로터리를 돌고 있었다. 밖에는 인적이 없었다. 있는 것은 길가에 널려있는 휴지와 쓰레기뿐이었다. 전쟁이 만들어 낸 황폐한 모습이었다. 거기서 조금 북쪽으로 올라가다가 우측 골목으로 30여 미터 내려가면 하얀 담이 나왔다. 한 대사 관저의 높은 담이었다. 그 너머로 관저 이층, 한 대사 거실이 보였다. 반가웠다. 비운지 하루만인데도 그리운 집이었다. 그런데 관저의 얼굴인 대문이 구멍이 숭숭 뚫린 채였다. 보름 전에 침입한 무장강도들이 남겨놓은 상흔들이었다. 마치 자기의 몸에 난 상처같이 아팠다. 곧 고쳐야겠다고 마음먹었다.

빵빵 차가 울리자 담 넘어 안 쪽에서 목이 하나 쑥 위로 올라와 좌우를 살피더니 문을 열어주었다. 목탈이었다. 목탈은 환하게 웃으며 사라를 반기었다. 그 반기는 웃음이 반갑고 믿음직스러웠다. 웃음뿐만 아니었다. 그의 큰 덩치도 믿음직했다. 관저의 안전을 지키는 든든한 자산이었다.

대문 안으로 들어갔다. 마당 뒤 차고가 텅 비어 있고 차고 벽에는 여기 저기 총탄에 맞아 부서진 자국이 을씨년스럽게 드러나 있었다. 차고에 있어야할 4명의 군인이 보이지 않았다.

　"목탈 씨, 경비병들은 어데 있어요?"

　"그들은 어제 대사님 일행이 떠나는 것을 보고 철수했습니다."

　"핫산은요?"

　"그 친구도 집으로 돌아갔습니다."

　"내일은 온다고 했습니까?"

　"그건 모르겠습니다. 어쩌면 안 올지도 모르겠습니다. 이제 관저도 위험해져 있을 곳이 못 된다고 불평했는데……."

　관저의 보안이 헐렁해진 것이 걱정되었다. 그 문제도 앞으로 해결해야할 숙제였다. 차고도, 그 앞으로 나 있는 앞마당도 지저분한 채 그대로였다. 어제 이태리 대사관으로 떠날 때 흘린 쓰레기들이 아직도 그대로 널려 있었다. 압디가 집안에서 만면에 웃음을 띠고 뛰어나왔다.

　"사라 씨, 돌아왔군요. 잘 하셨습니다. 잘 했어요."

압디는 사라가 자기와 함께 있고자 돌아온 것으로
지레 짐작하고는 사뭇 들떠 있었다. 그런 억측을 하는
압디가 못마땅했다. 그래서 퉁명한 소리로 말했다.

"마당 좀 치워놓지 이게 뭐예요!"

"정신이 없어서 그만……."

"화단의 나무들이 시들어 있는데 어제 물을 주었습
니까?"

"……."

더운 날씨 때문에 하루만 물을 주지 않아도 나무들
이 풀이 죽었다. 그래서 매일 저녁때가 되면 뒤뜰에 있
는 커다란 수조에서 물을 내리받아 화단에 자잘하게
자라고 있는 나무에 물을 주곤 했다. 그런데 사라가 하
루 밤 빈 사이에 남아있는 사람들은 물주는 일을 잊은
것이었다. 이러니 자기가 관저를 다잡고 챙겨야겠다는
생각이 새삼 드는 것이었다.

이상하게도 한 대사가 2층 방에서 사라 자기를 기다
릴 것 같은 생각이 들었다. 서둘러 올라가 보았다. 역
시 한 대사는 없었다. 안락의자나 작은 소파가 텅 비어
있었다. 사라는 무릎을 꿇고 텅 빈 소파의 언저리를 쓰
다듬었다. 한 대사의 향기가 몸에 스며드는 것 같았다.

2층 방에 신단을 차리기로 했다. 한 대사를 기리는 추억을 모셔놓고 비시나 신령에게 한 대사의 안녕을 기원하기 위해서였다. 한 대사 부인이 쓰던 경대를 한 대사 방의 침대 맞은편 벽에 놓았다. 경대에 붙은 서랍을 깨끗이 비우고 백지를 넣어두었다. 거울도 흰 백지로 싸놓았다. 부엌에서 쌀을 넣은 주발을 가지고 와 거울 밑 평판에 놓았다. 경대 위 벽에 비시나 신령의 화상(畵像)을 붙여놓고 그 옆으로 나란히 한 대사의 큰 사진을 걸어놓았다. 신단이 다 차려지자 주발에 꽂아놓은 백지에 불을 붙이고 빌었다.

  "비시나 신령님, 저는 신령님의 말씀에 복종해서 가지 않고 돌아왔습니다. 저를 봐서라도 부디 한 대사님께서 이 전란에 휩싸인 모가디슈를 하루 속히 무사히 빠져나가도록 도와주시고 그 이후로도 강령하시고 행복하게 잘 사시도록 돌봐주시기를 빕니다."

  기도가 끝난 다음 방의 남쪽으로 난 반달 모양의 창으로 가 바깥을 살폈다. 남쪽 하늘 공항 쪽을 두루 살폈다. 이때쯤이면 구조기가 올 법도 하지만 오는 기미가 없었다. 초조했다. 목탈을 불러 구조기가 오는지 잘 살펴달라고 부탁했다.

한 대사 방을 나오면 이층 층계참이 있고 그 건너편에 가족이 쓰는 방이 두 개 있는데 그중 하나를 사라 자기가 쓰기로 했다. 그 방에 있는 침대 위 벽에도 한 대사 사진을 걸어놓았다. 비교적 젊었을 때 찍은 사진인데 사라가 평소 몰래 보관하고 있던 사진이었다. 이제 밖에 내다놓고 마음 놓고 볼 수 있게 되어 그건 다행이었다.

이태리대사관에서 돌아온 후 이틀간은 마음이 안정되지 않아 일이 손에 잡히지 않았다. 몸은 관저에 있으면서도 마음은 이태리대사관에 있었다. 한 대사가 걱정되었다. 잘 계실까? 몸이 좀 약하신 분이 어디 아픈 데는 없을까? 밥은 잘 챙겨 드실까? 잘 보살펴줄 사람이 없지 않은가. 어서 구조기가 와서 타고 떠나셔야 하는데…….

3일 째 되는 날, 그러니까 1월 12일 오후 늦게 드디어 비행기 소리가 멀리서 들려왔다. 윙윙 나는 소리가 마치 꿀벌 소리 같아 정답기까지 했다. 자세히 보니 비행기 두 대가 하늘 낮게 떠오고 있었다. 한 대는 일반 비행기고 다른 한 대는 군용기였다. 구조기임에 틀림없었다. 구조기는 곧장 하강하면서 시야를 벗어났다.

활주로에 착지한 것 같았다. 10분쯤 지났을 때였다. 비행장 쪽에서 커다란 굉음 소리가 나더니 구조기 두 대가 하늘로 올라갔다. 힘겹게 올라가는 것이 저러다 떨어지는 게 아닌 가 불안했다. 다행히 비행기는 느린 대로 하늘 높이 올라 남쪽을 향하여 날아갔다. 점점 작게 보이더니 시야를 벗어났다. 두어 시간 후 목탈이 와서 보고했다. 알아본바, 한 대사 일행이 이태리 대사를 포함한 이태리대사관 직원 일행과 함께 그 구조기를 타고 케냐로 무사히 떠나갔다고 했다. 안심이 되었다. 이태리 대사와 함께 떠났다니 더욱 마음이 놓였다. 한 편으로는 마음이 허전했다. 한 대사가 이태리대사관에 머물고 있을 때는 그래도 옆에 있는 기분이 들었고 또 어쩌면 한 대사가 다시 관저로 돌아오지 않을까 하는 기대도 있었다. 그러나 그런 기분과 기대를 접어야 했다. 정말로 혼자 뒤에 버려진 미아였다.

그러나 이제는 미아네 어쩌네 하는 약한 마음을 먹어서는 안 된다고 자신을 경계했다. 마음을 다잡고 앞으로 생활해 갈 궁리를 해야 했다. 사라는 2층 신단에 가서 비시나 신령에게 절을 하고 물었다.

"신령님, 저는 앞으로 어떻게 하면 좋겠습니까?"

한 소리가 들려왔다. 비시나 신령이거나 아니면 한 대사가 보내는 소리였다.

"우선 급한 것이 식량 아니냐. 지금 처지에서 식량이 떨어지면 죽는다. 관저 식구를 주리고 식량을 확보해라."

사라가 속으로 걱정한 생각과 같은 충고여서 군소리 없이 따르기로 했다.

집안의 식구는 경비병인 목탈과 핫산, 그리고 집안의 잡일 맡아하는 압디와 한국 교포 이규수였다. 이들을 가려서 정리해야 했다.

이규수는 관저에 오자 바로 현지처가 있는 자기 집으로 갔다. 앞으로 관저에 오지 말고 자기 집에서 기거하라고 하면 될 것이었다.

목탈과 핫산은 관저에 온 지 6개월 가까이 되었다. 신부 살해 사건으로 촉발된 반정부 데모가 있던 그 다음날 왔다. 전날 데모대원들의 일부가 군경의 발포를 피해서 도망가는 도중에 한 대사 관저 앞 골목으로 우르르 몰려오다가 무슨 영문인지 바깥 담 너머에서 관저에 돌을 던졌다. 관저 위 아래층 유리창이 박살나고 그 소리가 요란했다. 사라는 한 대사 가족을 불러 이층으로 올라가는 계단 밑으로 숨어들게 하고 자기는 맨 바깥에 쪼그리고 앉아 방패막이가 되어주었다. 모두 숨을 죽이고 데모대가 대문을 부수고 집안으로 쳐들어오지 않을까 마음을 졸이고 있었다. 다행히 얼마 후 잠잠해졌다. 나가보니 아래층 거실과 응접실 그리고 2층 한 대사 방의 유리창이 거의 다 깨어지고 마당에는 수많은 돌멩이가 널려 있었다. 관저 현판도 대문 설주에서 떼어져 길가에 내동댕이쳐 있었다.

데모대가 그런 행패를 부린 것은 수수께끼였다. 관저 사람들이 그들에게 말 한 마디 붙인 적도 없고, 그들을 자극할 만한 어떤 행동도 하지 않았는데도 그런 발작적안 적의를 들어낸 것은 알 수 없는 일이었다. 어쩌면 자기들의 반정부 데모에 외국정부의 관심을 끌어들이기 위한 의도가 있을 수도, 아니면 호화로운 저택에서 잘 사는 외국인에 대한 못 사는 소말리 사람의 시샘이 그런 식으로 표출될 수도 있었다.

그 이튿날 아침 한 대사는 소말리아 외무부장관을 찾아가 항의했다. 외교관 주거의 안전을 책임지고 있는 장관은 적이 심경이 불편했다. 곧바로 한 대사 앞에서 보란 듯이 전화로 경찰국장을 불러내더니 당장 한 대사 관저에 경찰을 배치하라고 호통을 쳤다. 장관은 바레 대통령이 이복동생이라 실권자였다. 그 위세가 정말 대단했다. 바로 그날 저녁 두 명의 경찰이 관저에 왔다. 그게 목탈과 핫산이었다.

관저에 온 목탈과 핫산은 평복에다 장총 한 자루씩을 들쳐 메고 관저를 지켰다. 그런데 1월 4일 무장강도의 관저 침입을 당했을 때 핫산은 자기 살 궁리만 했으나 목탈은 결연히 맞서 퇴치했다. 그걸 본 사라는 사람을 가려서 대해야겠다는 생각을 갖게 되고 따라서 핫산은 해고하기로 했다.

압디도 해고하기로 했다. 1월 10일 오후 남북한 일행 22명이 떠나려고 할 때 소동을 부린 앞디는 아무래도 신뢰가 가지 않았다. 뿐만 아니라 터무니없는 연정으로 사라를 해코지 할 수 있는 위험한 인물이었다.

사라는 압디, 목탈, 핫산과 저녁 식사하는 자리에서 벼르던 말을 꺼냈다. 식량이 다 떨어져 가고 있어 집안의 식구를 줄여야할 필요성을 설명하고 압디와 핫산보고 관저를 떠나달라고 부탁했다. 압디는 제 딴에는 전혀 예상 못한 주문이어서 단번에 얼굴을 붉히더니 대들 듯이 항의했다.

"사라 씨가 뭔데 나보고 나가라 마라 하는 거요!"

"내가 이제부터는 이 집 주인이요."

이 말을 해놓고 보니 정말로 자신이 이 집의 주인이라는 생각이 확고해지는 것이었다. 그리고 이점에 대해서는 물러섬이 없이 단호해야한다고 다짐했다.

"주인? 누구 맘대로 주인이란 말이요?"

"한 대사님이 나를 이 집 관리인으로 지정하고 떠났소. 그러니 지금부터는 내가 주인이요."

"누가 그 말을 믿소?"

"그뿐만 아니라 비시나 신령께서도 내가 이 집 주인이라고 하셨소!"

"어이, 사라 씨, 귀신에 홀렸소? 정신 똑바로 차리시오. 당신이나 나나 똑 같은 이 집 고용원인데 누가 누구보고 나가라고 할 권리가 있소. 나는 나갈 수 없소."

압디의 목소리가 커지고 거칠어졌다. 핫산도 붉힌 얼굴로 끼어들었다.

"사라 씨, 당신이 뭔데 가라 마라하는 거요? 나는 이 나라 경찰청에서 파견한 사람이요. 그러니 나의 거취 문제는 경찰청에서 결정하오. 사라 씨가 이래라 저래라 말할 권한이 없소."

"지금 이 난리 통에 경찰청이 어디 있소! 우리 관저 형편을 생각해서 협조해주시오."

"공짜로 나가란 말이요?"

"그럼 뭘 더 바라는 것이요?"

이를 지켜보던 목탈이 안 되겠다 싶었는지 제지하고 나섰다.

"압디 씨, 핫산 씨, 한 대사님이 계실 때도 이 집 살림을 꾸려온 사람은 사라요. 사라가 이 집 주인인 것이 옳소. 더구나 한 대사님께서 이 집을 맡아 지키라고 부탁하셨다지 않소. 사라가 거짓말 할 사람이요? 사라 말대로 하시오."

압디는 한동안 목탈을 쩨려보았으나 그 큰 덩치를 상대하기가 버거운 것을 계산하고는 식당을 뛰쳐나갔다. 밥을 먹다 만 채였다. 핫산도 따라 나갔다.

둘만이 남자 목탈이 은근한 목소리로, "사라 씨, 나는 어떻게 하면 좋소?" 하고 자신의 신상문제를 꺼냈다.

"목탈 씨는 그대로 남으시오. 나와 목탈 씨가 이 집을 지킵시다. 나는 목탈 씨를 믿습니다."

목탈은 마음이 놓였다. 더욱이 그를 안심시킨 것은

사라가 제시한 남아 있을 조건이었다. 사라는 월 미화 50불과 점심 식사를 주겠다고 했다. 저녁 식사도 형편을 봐 가며 제공하겠다고 했다. 그 무렵 소말리아의 평균 임금은 월 30불 정도였다. 하루에 1불 어치 먹을거리와 녹차로 근근이 살아가는 사람들이 부지기수인 처지에서 식사 제공과 월 50불의 급여는 상당한 후대였다. 사라는 한 대사가 떠나면서 준 돈에서 목탈의 월급을 지불할 심산이었다. 목탈은 심성이 곧고 충직한 사람인데다 멀기는 하지만 인척이어서 사라 자기를 돕는 사람으로는 적격이었다.

이삭족의 딸

3

사라는 소말리아 북부 소말리랜드의 중심도시인 하게이사에서 이삭족 출신인 부모를 두고 태어났다. 십대 중반에 부모를 따라 수도 모가디슈로 이사해 왔다. 부친은 한때 잘 나가던 호상이었다. 그러나 바레 정부가 북부 반정부 세력인 SNM(Somali National Movement)의 지주인 이삭족을 탄압하기 시작하면서 그를 반정부 동조자로 몰아 박해하자 그의 가세가 기울기 시작하고 이를 견디다 못한 그는 결국 이웃 나라 지부티로 망명해 갔다. 이때 이미 결혼한 사라는 모가디슈에 남게 되었다. 그녀가 결혼한 지 두 해가 되는 27세 때 남편이 아이 없이 죽고 시댁도 경제적으로 몰락해 갔다. 그러자 시어머니는 그녀를 돈 있는 남자 아프라에게 첩으로 팔아버리다시피 개가시켰다. 낙타 20마리 값에 해당하는 지참금을 받고서였다. 사라는 시댁 형편을 생각하고 또 새 생활에 대한 기대감도 있고 해서 개가를 하였으나 이내 새 남편인 아프라가 불성실한 사람인 것을 알고는 곧 뛰쳐나와 남의 집 문간방에 세들어 살았다.

사라를 전부터 잘 알고 지내는 압디가 1년 전에 그녀를 한 대사 관저 가정부로 소개했다. 사라는 아버지 덕택에 영국식민지였던 하게이사에서 중학교를, 수도 모가디슈에서는 고등학교를 마쳐 영어를 잘 했다. 그만큼 영어를 잘하는 가정부를 교육 수준이 낮은 소말리아에서 구하기란 여간 어려운 것이 아니었다. 그뿐만 아니라 사람도 성실해서 한 대사 식구들은 사라를 아끼고 잘 대우해 주었다.

생명수

4

한 대사가 구조기로 떠난 지 3일이 되었다. 사라는 마음이 허전해서 견딜 수 없었다. 한 대사를 만나보고 싶었다. 한 대사는 두 분이었다. 한 분은 구조기를 타고 여기를 떠났고 다른 한 분은 여전히 관저 여기저기에 남아있었다. 남아있는 그분을 만나러 가야했다.

관저의 우측에 있는 담이 남쪽에서 북쪽으로 30여 미터 뻗었다가 다시 우측으로 구부러지는 지점에 상수리나무 한 그루가 높이 솟아 있었다. 가지도 침엽도 제법 많아 시원한 그늘을 드리웠다. 집안 일이 힘들 때나 또는 마음이 울적할 때 사라는 그 나무 밑으로 가 쉬었다. 그러면 생명수를 마신 듯 마음의 피로가 풀렸다. 그 나무를 볼 때마다 물이 밭은 땅에서 어떻게 저렇게 높게 자라는지, 그 생명력이 놀라웠다. 나무뿌리는 10여 미터 지하로 뻗어나간 곳에서 거기를 지나가는 귀한 수맥에 닿아 있는 것이 분명했다. 한 대사는 사막을 살아가는 사라에게 상수리나무의 수맥을 이어준 분이었다.

사라가 한 대사의 보살핌으로 학질에서 낫고, 관저로 거처를 옮긴 다음 두어 달 되어서였다. 사라의 시어머니가 아들 한 명을 데리고 찾아 왔다. 아무래도 시끄러울 것 같아 사라는 그들을 뒤뜰 상수리나무 아래로 데리고 갔다. 시어머니는 대뜸 사라의 전 남편 아프라에게 변상한 지참금을 지불하라고 요구했다. 사라가 그럴 수 없다고 하자 시어머니는 악다구니를 퍼부으며 돈을 내라고 욱대겼다. 그래도 사라가 들어주지 않자 사라의 머리채를 감아쥐고 사정없이 앞뒤로 뒤흔들면서 협박했다. 시어머니는 사라 때문에 큰돈을 잃고 생활이 곤궁한데 사라가 지금은 외국 대사 집에서 돈을 많이 벌고 있으니 손해 본 지참금을 갚으라고 억지를 부리고 있는 것이었다.

그때 마침 집에 있던 한 대사는 바깥이 시끄러워 나와 보고는 깜짝 놀랐다. 사라가 머리채를 잡힌 채 50대 되는 여인의 포악을 고스란히 당하고 있는 것이었다. 학질 예후가 시원찮은 사라가 변을 당할 것 같아 한 대사는 달려가 그 여인을 뜯어말리고 그때 마침 그곳에 온 압디를 통해서 그 여인이 소란을 피우는 이유를 알아보았다. 지참금 거래는 소말리아에서도 불법이지만 사실상 묵인되고 있는 관습이었다. 가난은 법으로도 어쩔 수 없을 것 같아 한 대사가 그 시어머니가 요구하는 변상금액을 갚아주었다. 그리고 앞으로 다시 사라를 못살게 굴면 그때는 경찰에 일러 잡아가도록 하겠다고 엄포를 놓아 보냈다. 시어머니가 떠나자 한 대사는 아무 말 없이 사라를 지긋이 바라보았다. 그때 상수리나무는 한 대사의 말을 대신 전해주었다.

"사라, 걱정 마, 어려운 문제가 있으면 내가 해결해 줄게."

학질과 지참금의 족쇄에서 풀려난 사라의 심신은 상수리나무의 수맥을 만나 생기를 되찾았다. 힘이 붙은 사라는 더욱 몸을 사리지 않고 관저와 한 대사를 위해 일해야겠다고 자신에게 다짐하고 또 그렇게 했다. 그러는 그녀를 옆에서 보는 사람들은 그녀에게는 '나'란 것이 없는 것 같았다. '나'가 없으니 무언가를 내 것으로 챙기려는 소유욕이 없었다. 소유욕이 없으니 매사를 바르게 그리고 제대로 처리했다. 한 대사의 후진국 근무에서 채용한 현지 가정부는 대개 손버릇이 나빠 골머리를 앓았는데 사라의 경우는 그런 염려가 없으니 한 대사를 비롯한 관저 사람들은 사라를 믿고 일을 맡겼다. 한편 사라는 상수리나무의 영기가 한 대사를 통해 자기를 지참금의 굴레에서 풀어준 것으로 여기고 상수리나무를 신령처럼 위했다.

상수리나무가 증언해주는 또 하나의 잊혀지지 않는 사연이 있었다. 북한 사람들 14명이 관저에 오던 날 밤, 한 대사가 홀로 이태리대사관에 가서 구조기 탑승을 교섭하겠다고 했다. 이태리대사관에는 격전지를 뚫고 가야하므로 목숨을 건 위험한 모험이었다. 그게 걱정이 된 사라는 밤늦게 상수리나무에 가서 무릎을 꿇고 두 손 모아 빌었다. 제발 한 대사가 무사히 뜻한 일을 마치고 돌아오게 해달라고 빌고 빌었다. 갑자기 인기척이 났다. 어느새 한 대사가 곁에 와 있었다. 한 대사는 아무 말 없이 사라를 내려보다가 떠났다. 밝은 달, 나무 그늘, 사라의 간절한 기도가 점철된 고즈넉한 밤에 한 대사가 속삭인 묵언(默言) '사라 감사해'를 상수리나무는 간직하고 있다가 알려주고 있었다.

상수리나무에서 남쪽으로 30미터 뻗어나간 담 벽의 중간에 관저 부엌과 거의 잇닿아 있는 수조가 있었다. 소말리아 중부지방에는 흐르는 물이 없기 때문에 먹는 물은 모두 지하수였다. 유엔과 구라파 선진국의 원조로 지하수를 퍼 올릴 기계장치는 설치되어 있으나 그걸 가동할 전기가 부족하여 단수 되는 때가 많았다. 그 때문에 집집마다 수조를 설치하고 물이 들어올 때 받아두었다 써야했다. 관저의 수조는 높이 4미터, 가로 3미터의 부피로 다른 집의 것보다 배나 컸다. 그런데 어쩐 일인지 그 수조의 물 표면에 골마지가 끼고 거기에 벌레들이 서식했다. 때문에 사라는 하루에 한 번 수조에 붙여놓은 사다리를 타고 올라가 수면에 낀 이물질들을 걸러냈다. 한 대사가 사다리를 타려고 하면 사라는 그런 일은 자기가 해야 한다고 하면서 극구 말렸다. 그러면 한 대사는 수조 아래에 서서 망연히 사라가 하는 일을 쳐다보곤 했다.

한 대사는 사무실에서 하루 일과를 마치고 집으로

돌아오면 하루 종일 땀 흘린 몸을 씻어야 했다. 수조의 날물로 목욕하면 병균에 감염될 우려가 있음으로 초벌 목욕은 할 수 없이 수조 물로 하지만 마지막 씻는 물은 사라가 끓인 물로 했다. 사라는 한 대사의 목욕물을 끓일 때가 행복했다.

사라는 사다리를 타고 올라가 수조의 수면을 보았다. 이태리대사관에 갔다 온 하루 밤 사이에 골마지가 끼고 그 위를 알 수 없는 벌레들이 돌아다녔다. 사라는 뜰채로 버캐를 떠내어 제거했다. 일이 끝나고 사다리를 내려오는데 밑에 한 대사가 서 있었다. 한 대사는 자기가 해야 할 일을 사라에게 시킨 것이 미안한지 멀뚱하니 서 있었다.

"사라, 미안해. 내가 할 일을 사라가 했군."

"아니에요. 제가 해야지요. 대사님 비켜서세요."

그러자 한 대사가 비켜서는가 하더니 보이지 않았다. 한동안 사다리에 매달린 채 먼 허공을 바라보았다.

사다리를 내려온 다음 수조 밑의 마개를 빼고 물통에 물을 받아 화단에 물을 주었다. 화단은 현관문을 기점으로 좌우로 10미터 가량 뻗어 있었다. 화단 서쪽 담에 붙어 한 그루 미루나무가 서 있었다. 상수리나무처럼 제법 넓은 그늘을 드리우고 있는 나무였다. 그 밑에 철제 의자가 놓여있었다. 한 대사는 저녁 때 석양이 낄 무렵이면 가끔 그 의자에 앉아 책을 보든가 명상을 했다. 그런데 그 의자가 없어졌다. 마치 한 대사를 치운 것 같은 불경죄를 저지른 것 같아 사라는 목탈을 불러 따졌다.

"목탈 씨! 저기 나무 아래 놓인 의자가 없는데 어떻게 된 거에요?"

"제가 치웠습니다. 차고 안에 갖다 놓았습니다."

"그럼 한 대사님이 앉을 자리가 없지 않아요."

"한 대사님이 오십니까?"

"그럼요. 그러니 그 의자, 제자리에 갖다 놓으세요."

"그러겠습니다."

그러겠다고 대답을 했으나 목탈은 사라가 이상해졌다고 생각했다. 한 대사가 떠나니 허한 사람이 된 것이라고 생각했다. 그런데 사라는 더 이상한 소리를 했다.

"목탈 씨! 관저의 모든 물건들, 한 대사님이 계실 때 놔두었던 그대로 놔두세요. 치우지 마시고."

목탈은 걱정이 되었다. 허지만 사라는 강인한 사람이니 잘 이겨내리라고 믿었다.

화단에는 자잘한 다복솔 나무들이 가지런히 자라고 있었다. 한 대사는 화단을 아꼈다. 이따금 손수 수조에서 물을 받아 화단에 주기도 하고 전지도 했다. 다복솔 사이사이로 이름 모를 꽃나무들이 자라, 때가 되면 꽃을 피웠다. 꽃이 자라기 어려운 모가디슈 토양에서는 꽃을 보는 것이 대단한 기쁨이었다. 땡볕에 꽃이 시들까봐 한 대사는 헌 종이우산을 만들어 위로 받혀주었다. 그렇게 해서 화단에는 한 대사의 정이 꽃을 피웠다.

이태리대사관을 떠날 때 야자수 나무에 기대어 자기를 바라보던 한 대사의 처연한 모습도 관저 화단에 이식하기로 했다. 그 이식한 모습은 관저 곳곳에 심어 둔 한 대사 추억을 자양분으로 뿌리를 치고 줄기를 내어 아름다운 꽃을 피울 것이다. 그러면 그 꽃은 사라 곁에서 한 대사의 말을 속삭이며 살아갈 지혜와 힘을 줄 것이다. 그러니까 꽃이 들려주는 한 대사 말은 사라가 살아갈 양식이 되는 것이었다.

사라는 고개를 들어 관저 이층, 한 대사가 쓰던 방을 올려다보았다. 들어가고 싶지만 한 대사가 없다고 함부로 들어가서는 안 될 방이었다. 한 대사가 있을 때 사라는 한 대사 방에 들어가는 것을 삼갔다. 어렵기도 하지만 윗사람에 대한 예의가 아닌 것 같아서였다. 그런 자기만의 규칙을 잘 지켰으나 예외가 하나 있었다. 한 대사가 사무실에서 하루 일과를 마치고 관저에 돌아왔을 때였다. 한 대사가 돌아오면 사라가 제일 먼저 챙기는 일은 쟁반에 정한 물을 담은 그릇을 들고 이층으로 올라가 한 대사에게 주는 것이었다. 하루 종일 더운 날씨에 땀을 흘려 마른 목을 축이라고 주는 물이었다. 때로는 물 대신 약초를 짓이겨 만든 즙을 주기도 했다. 그 즙은 한국의 익모초즙처럼 위장에 좋다고 했다. 한 대사는 위장이 약해서 그 즙을 즐겨 들었다. 물이나 약초 즙을 드는 한 대사를 사라는 안개 낀 눈으로 먼 산을 바라보듯 바라보았다. 한 대사는 가까이에서 똑바로 볼 사람이 아니었다. 그저 먼 산을 우러러보듯 바라보아야 하는 사람이었다. 그렇게 바라보는 것만으로도 행복했다.

한 번은 사라가 물그릇을 들고 한 대사 방에 갔더니 창가에서 하늘을 바라보고 있던 한 대사가 이런 말을 했다.

"사라, 나는 모가디슈의 하늘을 좋아해."

"……."

"왜 그런지 아나? 여기 하늘은 사시장철 구름 한 점 없이 확 트여있거든. 걸림돌이 없어. 그렇게 거침이 없으니 제 뜻대로 운행하겠지."

"……."

"그런데 내가 살아온 길에는 걸림돌이 많았어. 그래서 내 뜻대로 살아올 수 없었지. 그러다 보니 지금 이런 꼴을 하고 있는 거야. 나는 직을 그만두면 시골에 가서 농사를 지을 거야. 땅을 가르고 곡식을 심으면 내 뜻과 노력만큼 결실을 맺지. 그게 보람 있는 삶이 아닐까?"

"……."

"그러나 세상일이란 모르는 거야. 이곳에서 사라를 만나다니. 사라를 만나고는 그런 생각이 조금 바뀐 것 같기도 하고, 어쨌든 다행한 일이지……."

그때 한 대사가 이상한 말을 한다고 사라는 생각했다. 그때까지 살림과 관계없는 그런 말을 한 번도 한 적이 없었다. 어쩌면 사무실 일이 뜻대로 되지 않아 그렇게 푸념하는 것이 아닌가 하는 생각이 들었다. 어쨌든 그런 속내의 말을 자기에게 해준 것이 기뻤다. 특히 자기를 만난 것이 다행이라고 한 말은 너무나 의외여서 그 말을 듣고 사라는 행복했다.

그런데 지금은 들고 들어갈 쟁반이 비어 있었다. 정성을 담아 줄 사람이 방에 없기 때문이었다.

한 대사가 없는 방은 허무(虛無)했다. 한 대사가 비어 있기 때문에 없는 것이었다. 시간도 마찬가지였다. 한 대사가 비어 있어 없는 것이었다. 사라도 마찬가지였다. 한 대사가 없는 빈 현재와 빈 장소에 있는 자신도 비어 있기 때문에 없었다. 그렇게 사라의 주변에는 자신을 포함해서 모든 것이 비어 있고 실재(實在)는 없었다. 그런데도 실재는 있었다. 실재하고 있는 것은 과거한 대사가 있어 그분과 함께 아름다운 추억을 엮었던 시간과 장소와 자신이었다. 그런 추억들이 사라 자신의 마음 안에서 실재로 살아있는 시점이 현재이고 미래였다. 한 대사가 있는 세계는 살아있는 꿈이었다. 그가 없는 세계는 죽은 현실이었다. 그러니까 꿈이 없는 현실은 살아갈 수 없었다. 그렇게 한 대사와 엮은 아름다운 과거의 꿈을 추억하면서 자기가 실재하고 있음을 확인해 가는 삶이 새로운 운명이라고 사라는 생각했다.

하이에나

5

다음날 아침 10시 경, 압디가 다시 왔다. 그의 얼굴이 비장하기도 험하기도 했다. 그의 꽁무니에 장정 두 사람도 붙어 왔다.

"어제도 말했지만 나나 당신은 똑 같은 이 집의 고용원이요. 한 대사가 이 집을 버리고 갔으니 이 집 비품의 반절은 내 것이요. 가지러 왔소."

"대사님은 반드시 돌아옵니다. 그러니 이 집 안의 것, 무엇 하나 손대서는 안 됩니다."

"한 대사는 절대 돌아오지 않습니다. 그러니 이 집은 빈집이요. 주인이 없는 빈집 물건 가져가는 것이 뭐가 잘 못되었소?"

"무슨 소리요! 내가 이렇게 엄연히 살아있지 않소! 내 눈에 흙이 들어가기 전에는 절대 못 가져갑니다."

"사라, 내 당신의 속셈을 다 알고 있소. 당신이 이 집 물건을 몽땅 독차지하고 싶은 모양인데, 그렇게 욕심을 부리면 못쓿니다. 공평하게 나눠 가져야지!"

"나와 당신이 남의 물건을 도둑질해서 공평히 나눠 갖자는 말이요? 나는 그런 도둑놈이 될 수 없소."

"뭐! 그럼 내가 도둑놈이란 말이야! 이게 말로 해서는 안 되겠군!"

소리치며 압디는 무턱대고 거실로 가더니 데리고 온 사람들과 함께 TV를 들고 나가려고 했다. 그때 목탈이 와서 제지했다. 그래도 말을 듣지 않자 장총을 들이대며 죽이겠다고 으름장을 놓았다. 압디는 할 수 없이 철수하고 말았다. 이번은 압디가 물러났지만 언제 또 쳐들어와 생때를 쓸지 몰라 사라는 불안했다.

압디가 소동을 피우고 간 다음날, 알리 하지가 관저에 왔다. 40대 중반인 그는 바레 대통령의 먼 인척으로 얼마 전까지만 해도 대통령 전용차의 운전수였다. 그 직을 그만 둔 뒤에는 사업을 한다지만 그건 말뿐이고 주로 대통령과의 관계를 내세워 정치부로커 노릇을 하면서 돈을 뜯어내는 사람이었다. 그는 무슨 수를 썼는지 부산에 있는 한국수산회사의 모가디슈 연락책이 되었으나 연락책으로서 하는 일은 없었다. 어쨌든 소말리아 사람 중에서 한국과 연락하는 사람은 그가 유일했기 때문에 그걸 가상히 여긴 한 대사는 그와 가깝게 지냈다. 그는 거실에 들어와서 소파를 엉덩이로 굴러보고 텔레비전을 이리저리 만져 보았다.

"사라 씨, 이규수 그 녀석이 한 대사 차를 가지고 간 것 압니까?"

"대사님 차를요?

"예. 대사님께서 구조기를 탈 때 비행장에 놓고 간 차를 그 녀석이 가져갔답니다."

"그럼 관저로 가지고 와야지 왜 자기가 가져가요?"

"그러게 말이요. 한 대사, 그 차를 나에게 주고 갈 것이지……."

"……."

무슨 소리인지 사라는 알아들을 수 없었으나 그의 목소리에는 자기 차를 이규수에게 빼앗겼다는 아쉬움이 묻어 있었다. 또 그는 말을 이었다.

"사라 씨, 실은 말이요. 한 대사가 보름 전에 나한테 와서 돈 100만 바트(약 500불 정도) 빌려갔소. 그 돈으로 관저에 두고 있는 경비병들에게 수고비를 준다고 하면서요. 그런데 그 돈을 갚지 않고 한 대사가 여길 떠났으니, 어떻게 그럴 수 있소?"

그래서 빌려준 돈 대신 가지고 갈 물건이 없는지 집 안을 기웃거리는 것으로 짐작이 갔다. 그는 허풍을 잘 떠는 사람이라 그의 말을 액면 그대로 믿을 수 없었다.

"한 대사님께서 돌아오시면 그때 이야기 하시면 되지 않습니까."

"글쎄, 그게 언제가 될지 알 수 있나. 당장 그 돈이 필요한데……."

그는 내온 차를 마시는 둥 마는 둥 하고는 가버렸다. 이번에는 그냥 갔지만 가만히 있을 사람이 아니었다. 이규수는 낯선 타지에서 사업하기 위해 하지의 도움을 많이 받았다. 그래서 하지 말에는 꼼짝 못하는 사람이었다. 그런 관계로 하지가 이규수가 가져간 차를 빼앗아 자기 것으로 만드는 것은 쉬운 일이었다.

사라는 하지가 한 대사 차를 선점하기 전에 이규수 집에 먼저 가서 차를 찾아와야겠다고 생각하고 집을 나섰다. 이규수 집은 관저에서 약 500미터 떨어져 있는, 중산층이 사는 구역에 있었다. 그러니까 그는 중산층의 경제생활은 하고 있는 것이어서 굳이 남의 것을 탐내지 않아도 되는 사람인데 과욕을 부리는 것이었다. 그의 집으로 들어가 보니 마당 한 구석에 한 대사의 공용차인 검은 색 벤츠 200이 놓여있었다. 마중 나온 이규수에게 사라가 따졌다.

"저 차는 한 대사 차 아닙니까? 관저에 갖다 놓아야지 왜 여기에 있습니까?"

평소에는 고분고분하던 그가 이번에는 뻣뻣이 나왔다. 한 대사가 안 계시기 때문에 저런다 싶어 더욱 괘씸한 생각이 들었다.

"에……저 차는 한 대사가 공항에 버리고 간 차입니다. 버린 것을 내가 주어온 것이니까 이제 내 것입니다."

그의 검게 탄 얼굴 못지않게 그의 배 속도 검었다. 그걸 미처 알아보지 못한 것이 후회되기도 했다.

"그게 무슨 말씀이세요. 버린 게 아니라 할 수없이 공항에 놓고 간 것 아닙니까! 대사님을 모시는 우리가 그 차를 챙겨 잘 보관했다가 대사님이 돌아오시면 사용하도록 해야 하지 않습니까!"

"저 차, 내가 가져오지 않았으면 다른 사람이 가져갔을 것입니다. 그런 차를 주어온 것이니까, 이제 내 것입니다."

"그게 말이 됩니까? 설사 남이 가져갔다 해도 찾아다 관저에 두는 것이 옳은 일 아닙니까? 두 말 할 것 없이 당장 차를 관저에 갖다놓으세요. 알겠습니까?"

"음……알겠소."

알겠소, 했지만 그의 검은 배속을 생각하면 미덥지가 않았다. 아니나 다를까 이규수는 삼일이 지나도록 차를 관저로 가져오지 않았다. 안 되겠다 싶어 사라는 이번에는 목탈과 다른 두 사람을 데리고 이규수 집에 갔다. 말로 설득이 안 되면 강제로라도 차를 끌고 올 심산이었다. 그런데 이규수 집에 가보고는 놀랐다. 집이 텅텅 비어 있었다. 차도 없었다. 기가 찰 노릇이었다. 옆집 사람에게 물어보니 이틀 전에 이규수는 그의 가족을 벤츠 차에 실고 케냐로 떠났다고 했다. 사라는 허탈했다. 차를 지키지 못해서 허탈한 것도 있었지만 사람에 대한 허탈감이 더 컸다. 이규수는 유일한 한국 교포로서 한 대사가 우대했던 사람이었다. 내전이 벌어지고 위험해지자 한 대사는 이규수 식구 3명을 대사 관저로 오라고 해서 묶게 해 주었다. 빈손으로 온 그들은 한 대사의 식량으로 먹고 자고 잘 지냈을 뿐만 아니라 식구 세 명은 한 대사의 도움으로 이태리 구조기를 타고 무사히 케냐로 대피해 가기도 했다. 그렇게 신세진 것을 몰라라하고 이규수가 한 대사 차를 넘보는 것은 너무나 염치없는 짓이었다. 사람이란 게 먹이를 쫓아 움직이는 짐승과 다를 것이 없다는 생각이 들었다.

관저에 돌아온 사라는 이층으로 올라가보고는 아연실색했다. 이층 층계참 구석에 있는 작은 창고의 문이 뜯겨 있고 그 안은 텅 비어 있었다. 한 대사가 이태리 대사관으로 피난가기 전에 입었던 옷가지와 살림 집기들을 넣어두고 봉창한 광이었다. 한 대사는 이태리대사관에서 작별할 때 자기가 돌아오는 것이 늦어지면 창고 안의 물건들을 처분해서 살림에 보태 쓰라고 사라에게 이른 적이 있었다. 거실에 있는 텔레비전도 없어졌다.

사라가 망연자실하고 있을 때 옆집 아주국장 댁의 가정부가 찾아왔다. 평소 양 집의 주인들뿐만 아니라 가정부들도 친하게 지냈다. 그 가정부의 이야기가 놀라왔다. 그날 아침 11시경 관저에 사람이 들락거리는 것이 수상해서 가보았더니 압디와 관저 바로 아래에 사는 밀레네 부부가 관저의 물건을 끌어내 보자기에 싸고 있었다고 했다. 그러면 되냐고 만류했지만 그들은 듣지 않았다고 했다. 주인 없는 집 물건은 가져가도 괜찮다고 하면서 계속 물건을 끌어냈다고 했다. 그래도 만류했더니 당신이 무슨 상관이냐고 눈을 부라리면서 폭력을 쓸 것 같아 할 수 없이 그냥 자기 집으로 돌아갔다고 했다.

사라는 분해서 다리가 후들거렸다. 즉시 목탈과 함께 미레네 집에 갔다. 마침 미레네가 있어 따졌다.

"오늘 아침 우리 집에서 가져간 물건, 다 내놓으시오!"

"그게 어째서 당신 집이요. 외국 대사 집이 아니요. 지금은 그분은 떠나고 빈집으로 알고 있소. 빈집 물건을 가져가는 것은 문제가 없소."

"빈집이라니 내가 이렇게 엄연히 있는데 딴 소리할 거요!"

"당신은 그 집 하인이 아니요. 오라 당신이 혼자 몽땅 차지하겠다는 수작이군. 그렇게 욕심 부려서는 안 되지."

그들도 압디와 같은 투로 자신들의 행동을 변명했다. 어처구니없었다.

"계속 그런 객쩍은 소리를 할 것이요! 안 되겠소. 내가 직접 찾아내겠소."

사라는 가로막는 미레네를 제쳤다. 뒤로 벌렁 자빠진 미레네는 "네가 사람을 쳐!"하고 악을 썼다. 이때 목탈이 나섰다. 사라 곁에 가서 귓속말로 일렀다. 이웃끼리 감정을 상하는 다툼을 해서는 우리에게 이로울 것이 없다. 미레네가 가져 간 것은 소소한 것들 같으니까 이쯤해서 그만 두자고 했다. 사라는 목탈의 의견을 따랐다.

"미레네 씨, 오늘은 이만 하고 갑니다. 가져간 물건을 꼭 갖다 놓으시오."

"야! 너 사람을 치고도 무사할 줄 아냐!"

사라는 관저로 돌아왔다. 그 무렵 사람들이 떼를 지어 빈집을 털어갔다. 전쟁이 나고 경찰이 없으니까 빈집 터는 것도 유행이 되고 있었다. 미레네도 압디도 그런 시류에 물들어 있었다.

그 이튿날 사라는 목탈을 앞세우고 압디 집을 찾아

나섰다. 그가 사는 구역은 전장에 가까워 신변이 위험했지만 그런 걸 따질 계제가 아니었다. 압디는 동쪽 해안에 납작 박혀있는 허술한 벽돌집에 살고 있었다. 노부부는 어리둥절해하면서 허탕을 했다고 했다. 그 애는 요 삼일, 집에 오지 않고 있다고 하면서 오히려 그 애가 어디 있는지 알면 알려달라고 어이없는 부탁을 했다. 노부부와는 말이 통할 것 같지 않아 나중에 다시 오겠다고 하고는 떠났다. 그 집을 나오다 보니 허술한 아이 두 명이 들어오는데 압디 동생들인 모양이었다. 못 사는 부모와 동생을 부양하느라 물건을 훔쳐갔는가 하는 생각이 언뜻 들었다. 그런 사정이라면 도둑질을 할 것이 아니라 미리 자기와 상의했으면 좋았을 것을 하고 안타까워했다. 집 앞에는 시원한 바다가 펼쳐 있었다. 저렇게 확 트인 아름다운 바다를 보고 사는 사람이 어쩌다 남의 물건을 훔칠 정도로 꽉 막힌 마음을 갖게 되었는지 알 수 없었다. 그게 다 전쟁 때문에 도리를 보지 못하고 목전의 이익에만 눈이 어두워진 탓이라고 생각했다.

사람이란 먹이를 쫓아 움직이는 짐승이란 생각을 전에 한 적이 있는데 그 짐승이란 하이에나였다. 엊그제까지 한 지붕 아래서 동고동락하던 사람들이 무서운 하이에나로 변해 관저의 집기를 약탈해 가는 것은 정말 이해하기 어려웠다.

하이에나는 시골 농촌에서는 생계를 위협하는 위험한 짐승이었다. 아열대 지역인 소말리아에는 가축이 거의 없었다. 그런데 이상하게도 염소는 잘 자랐다. 그래서 염소 고기가 주식의 하나였고 또한 유일한 수출 품목으로 외화벌이를 해주고 있었다. 그런데 어디서 오는지 하이에나가 나타나 염소를 물어 갔다. 울타리를 치고 망을 보아도 막기가 어려워 골머리를 앓았다. 전쟁이 나고 도덕의 울타리가 허물어지자 그 울안에 갇혀 있던 인간들이 하이에나로 변신해 뛰쳐나와 제 맘대로 남의 것을 약탈했다. 변신한 것이 아니라 어쩌면 인간은 본시 하이에나인데 울타리를 지키는 정부와 사회제도가 무력해 지자 본색을 드러내어 발호하고 있다는 생각이 들었다. 전쟁은 기실 그 자체가 하이에나였다. 인간의 선성을 잡아먹는 잔인한 하이에나였다. 전쟁에 잡아먹힌 인간은 하이에나로 돌변했다. 앞으로도 전쟁이 양산할 인간 하이에나를 상대해야 하는 자기의 앞날이 험난할 것 같아 사라는 우울했다.

도둑질을 당한 재물은 없이도 살 수 있으나 없이는 살 수 없는 것이 있었다. 식량이었다. 식량을 구하는 일이 절박했다. 먹는다는 것이 그렇게 중요한 일인 줄을 한 대사의 그늘에 있을 때는 몰랐다. 안 해보던 일을 어떻게 해야 할까 궁리하다 전에 한 대사와 함께 식량을 구한 일이 생각났다.

　작년 8월 중순 경이었다. 반정부 사람들이 사재 폭탄을 공공건물과 외국인 사무실에 투척하면서 정부를 압박하고, 길거리에는 전쟁이 임박했다는 소문이 나돌기 시작할 무렵이었다. 식량을 비축하는 것이 시급해진 한 대사는 전에 사라가 학질을 앓을 때 알게 된 유엔 소속 중국인 의사를 찾아가 도와달라고 부탁했다. 남부에서 농업을 지도하고 있는 중국 기술자들이 몰래 쌀을 빼내어 같은 동포들에게 팔고 있다는 소식을 듣고 찾아갔던 것이다. 중국인 의사도 그런 뒷거래를 할 것 같아서였다. 다행히 그 의사는 자기에게 쌀을 조달해주는 중국인을 소개해주었다. 그 중개인은 한 대사 관저에서 멀지 않는 외국인 구역에 거주하고 있었다.

　저녁 어둑할 무렵, 한 대사는 사라와 운전수 쇄벨을 데리고 소개 받은 중개인 집을 찾아갔다. 미화를 주고 쌀 여섯 포대를 사서 차에 싣고 부자가 된 기분으로 돌아오는 길이었다. 큰 길로 가면 무장강도와 마주칠 것 같아 일부러 좁은 골목길을 택했다. 그런데 그게 패착이었다. 예상과는 달리 골목길 전방에서 누추한 복장을 한 청년 3명이 길을 막고 나섰다. 그들은 손에 총검을 들고 얼굴도 시커머니 험했다. 그들은 미리부터 한 대사 차를 노리고 차가 올만한 골목길에 숨어 있다 나타난 것 같았다. 찻길 양 편으로는 주택들이 쳐놓은 높은 담이 있어 괴한들을 피해 빠져나갈 틈이 없었다. 차가 할 수 없이 멈추었다. 그들이 접근해 오는데 살기를 풍겼다. 그때 차 앞좌석에 타고 있던 사라가 잽싸게 문을 열고 밖으로 나갔다. 한 대사도 나가려고 차 밖으로 한 발을 내밀 때였다. 사라가 부리나케 돌아와서는 한 대사를 차 안으로 밀어 넣고 문을 잠그면서 절대 나오지 말라고 했다. 나오면 큰 일 난다고 했다. 어찌나 강하게 밀어붙이는지 한 대사는 별수 없이 차 안으로 떠밀려 들어가고 말았다. 그 순간에도 한 대사는 사라의 눈에서 어느새 안개가 걷히고 쇠 날과 같은 날카로움이 번득이는 것을 보았다. 사라는 청년들을 길가로 몰고 가 호령하다, 간청하다 했다. 차 번호판을 가리키며 뭐라고 말하는 것이 외국 대사 차라고 하면서 물러서라고 하는 것 같았다. 얼마를 그렇게 이야기하다 사라가 한 대사에게 와서 미화 30불정도 가지고 있느냐고 물었다. 돈을 받아든 사라는 쇠벨에게 바짝 다가가 귓속 말로 뭐라고 같은 말을 몇 번 다짐한 후 청년들에게 갔다. 그리고 다시 그들에게 말을 걸기 시작하자 그때를 놓치지 않고 쇠벨은 차를 출발시켰다.

"차를 멈춰라! 사라는 어떻게 하려고 그러나!"

한 대사가 멈추라고 소리를 질러도 쇠벨은 자기는 사라가 시키는 대로 하고 있다고 하면서 차를 계속 몰았다. 차를 멈추라고 거듭 다그쳐도 쇠벨은 사라 말 대로 우리가 먼저 떠나는 것이 좋겠다고 고집하면서 관저에 도착할 때까지 말을 듣지 않았다. 평소 시키는 일을 거역하는 일이 없던 쇠벨의 돌출 행동을 보고 한 대사는 내심 놀랐다. 관저에 도착한 한 대사는 당장 압디를 불러 목탈 경찰관, 쇠벨과 함께 대사 차를 타고 되돌아가서 사라를 찾아오라고 호통을 쳤다. 압디에게 엉뚱한 화풀이를 했다. 그가 집에 붙어있지 않아 사라가 안 갈 것을 간 것이니 책임지고 사라를 무사히 찾아오라고 몰아세웠다.

한 대사가 마당에서 서성거리며 초조하게 기다리고
있는데 차가 대문을 열고 들어왔다. 사라가 내렸다. 그
녀의 눈에는 그 어느 때보다도 더 짙은 안개가 끼어있
었다. 그런 눈이 한 대사를 먼 산을 우러러 보듯이 바
라보다가 조용히 아래로 깔았다. 그러고는 아무 말 없
이 부엌으로 들어갔다. 한 대사는 그런 사라의 뒤를 한
참 바라보았었다.

사라는 지난 일을 생각하면서 목탈과 함께 쌀 파는
중국인 집을 찾아갔다. 중국인은 처음에는 팔지 않는
다고 했다. 큰일이었다. 관저 주인으로서의 능력이 도
마 위에 올려진 것이었다. 사라는 무릎을 꿇고 통사정
했다. 끼고 있던 반지를 빼어 주면서까지 간청했다. 중
국인은 반지는 받지 않고는 사라의 정성을 봐서 판다
고 하면서 두 포대를 내놨다. 사라와 목탈은 한 포씩
이고 지면서 골목길로 들어섰다. 낯익은 길이었다. 작
년 이맘 때 쌀을 사서 실은 한 대사 차가 들어선 골목
길이었다. 그때 갑자기 나타난 강도들과 타협하기 위
해서 한 대사가 차에서 나오려는 것을 밀어 넣고 나오
지 말라고 한 것이 생각났다. 위험한 강도를 상대하는

일은 사라 자신이 해야지 한 대사에게 맡겨둘 수 없었다. 그리고 쇄벨과 약속했었다. 자기가 강도들과 이야기를 시작하면, 자기는 상관 말고 지체 없이 차를 출발시켜 관저로 돌아가라고 했다. 그렇게 해야 한 대사를 보호할 수 있다고 몇 번이나 강조했다. 강도들과는 미화 30불을 주고 이야기가 잘 마무리되었다. 그때 한 대사를 위해 자기가 작은 일이나마 한 것이 행복했던 것이 생각났다. 행복했던 한 대사의 족적을 되짚어 가는 것이 또한 행복했다.

인샤알라

6

하루는 사라가 창가에서 한국이 있는 동북쪽 하늘을 바라보며 시름에 잠겨있을 때였다. 아래 마당의 큰 대문이 둔중한 소리를 내며 열렸다. 내려다보니 군인 세 명이 들어오고 있었다. 그 중에서도 진초록 군복을 입고 누런 허리띠에 권총을 찬 군인이 앞장서고 있었다. 자세히 보니 아프라는 사람의 이름을 가진 하이에나였다. 사라를 물어가기 위해서 온 짐승이었다. 그가 왜 침입해 오지 않는가 조마조마했는데 결국 올 것이 오고만 것이었다. 그는 성큼 현관문에 와서 문을 두드리며 열라고 외쳤다. 문을 열어주지 않자 그는 발로 문을 찼다. 그 소리가 요란했다. 나가지 않으면 집을 부수고라도 들어올 것 같아 사라는 문을 열고 밖으로 나왔다.

"이봐! 서방이 왔는데도 빨리 문을 열어주지 않고 뭘 하는 게야!"

"……."

"좀 들어가자. 할 말이 있어."

"나는 할 말이 없습니다. 가세요! 왜 오는 거요?"

"인샤알라!"

'알라 신의 뜻에 따라 여기에 왔다.'는 의미였다. 그 말은 사라가 제일 싫어하는 회교의 수사였다. 아프라는 다른 회교 신자처럼 걸핏하면 '인샤알라'로 자기가 하는 행동이나 연루된 사건의 전말을 합리화 하러들었다. 알라 신이 시켜서 하는 행동이니 어쩔 수 없이 그렇게 한다고 우기는 것이었다. 자기의 행동을 남의 탓으로 둘러대는 사람은 불성실하다. 그래서 사라는 아프라와 그의 종교인 회교를 싫어하게 되고 대신 토속 신령을 섬기기 시작한 것이었다.

"얼굴이 안 되었군. 홀로 고생이 많지? 왜 고생을 사서 하는 거야! 이제 나한테 돌아와, 내가 잘 거둬줄게."

그의 목소리가 갑자기 누그러지면서 어르는 소리로
변했다.

"……."

"이제 한 대사도 떠나고 무엇 때문에 망설이는 거야.
우리 집으로 가자."

"우리 집이란 없소. 내 집은 여기요."

"너무 그러지 마라. 네가 아무리 아니라고 해도 너는
내 여편네야. 나에게 와. 이제 잘 해줄게."

"저…… 당신과 나는 인연이 아닙니다. 그러니 돌아
가세요."

사라는 좋은 말로 타일러 보내고 싶었으나 아프라는
수그러들지 않았다.

"이봐 이걸 명심해라. 너는 법적으로 아직도 내 여편
네야."

"법이고 뭐고 다 소용없습니다. 인연이 아닌 사람끼
리 법을 따져 무슨 소용이 있습니까! 돌아가시오."

"알라신이 맺어준 인연은 끊는다고 해서 끊어지는
게 아니야. 그러니 강제로라도 데리고 갈 수밖에."

그 말과 함께 아프라는 사라를 잡아 강제로 끌고 가
려고 했다. 그때 장총을 멘 목탈이 달려와 아프라를 제

지했다. 그러자 아프라는 권총을 빼 겨누며 자기를 방해하는 놈은 다 쏴 죽이겠다고 엄포를 놓았다. 그와 함께 온 다른 군인들이 아프라를 엄호했다. 그러나 목탈은 그답게 권총 앞에서도 의연했다. 목탈이 세게 나오자 아프라는 주춤하더니 한동안 말이 없었다. 그러다화살을 이번에는 목탈에게 돌렸다.

"당신 이제 경찰이 아냐! 바레 정부의 경찰은 이미없어졌다. 그러니 당신 총 이리 내!"

목탈이 거부하자 아프라는 자기 수하들과 힘을 합쳐강제로 빼앗았다. 그러고는 더 이상 소란을 피우면 불리한 것으로 생각했는지, 사라에게 한 마디 경고를 내뱉고는 갔다.

"오늘은 내가 그냥 가지만 언젠가 꼭 너를 데려갈 것이다. 그렇게 준비하고 있어! 그게 인샤알라다. 알겠나!"

비시나 신령

7

1년 반 전, 3월 말경이었다. 하루는 아프라(Afra)라는 상인이 한 대사 사무실을 찾아왔다. 그는 사십대 초반의 중키에 제법 잘 생긴 축에 드는 인물이었다. 첫눈에 그는 보통 시중의 사람과 달리 한 가락 하는 사람으로 보였다. 더운 날씨인데도 여기 상류층 사람들처럼 카키색 사냥복을 위 아래로 차려입고, 여기 서민들이 흔히 걸치는 샌들 대신 구두를 신고 있었다. 아무래도 권력에 연줄을 대고 돈 깨나 번 사람 같았다.

그는 한국과 의류무역을 하고 싶다고 하면서 적당한 한국 상사를 소개시켜달라고 했다. 한 대사는 반가웠다. 잘 하면 이 사람을 통해서 한국과 교역을 틀 수 있지 않을까, 그렇게 되면 소말리아에 부임해 온 보람을 얻게 될 것이 아닌가 하는 기대가 일었다. 그래서 사우디 제다나 케냐 나이로비에 나와 있는 한국 상사를 소개시켜주겠다고 했다. 그러고는 무역에 관해 이런 저런 이야기를 30여 분 했다. 그러다 그가 찾아온 진짜 이유는 다른 데 있음을 토로했다.

"저 실은 대사님 댁에서 일하고 있는 사라가 제 처입니다."

"아, 그래요?"

"모르고 계셨습니까? 대사님은 사라를 어떻게 고용하셨지요?"

"우리 집에서 일하고 있는 압디가 소개했습니다."

이 말을 듣고 아프라는 입술을 깨물었다.

"내 그럴 줄 알았습니다. 그녀석이 사라를 꼬드긴 것입니다."

"압디가?"

"예. 그녀석은 평소 사라를 좋아했습니다."

"……."

"사라는 저와 결혼한 지 채 석 달도 안 되어 제 발로 달아났습니다. 그러니 제 자존심은 무엇이 되었겠습니까? 저 이래 뵈도 여기서 알아주는 상인입니다. 그리고 처음에 내가 그 여자를 데려오기 위해서 얼마나 큰 지참금을 지불한지 아십니까? 자그마치 낙타 30마리 값을 그 여자의 시댁에 지불했습니다. 이건 여기에서 집 한 채 값도 더 되는 돈입니다. 그러니 내가 가만히 있을 수 있겠습니까?"

이 대목에서 한 대사는 아프라의 정직성을 의심했다. 한 대사가 사라한테 듣기로는 시댁이 아프라로부터 받은 돈은 낙타 20마리에 해당하는 값이었다. 그걸 30마리로 부풀리어 자신의 손해를 과장해 보인 것이었다. 앞으로 있을 수도 있는 변상 문제에 대비해 청구 금액을 높인 것으로 보였다. 역시 그는 장사꾼이란 생각을 했다.

"……"

"그래서 말씀인데 사라를 제가 데려가겠습니다."

그는 또 입술을 깨물었다. 앞으로 그와의 관계가 순탄치 않을 것 같은 예감을 주었다.

"나야 뭐 사라만 좋다고 하면 이의 없습니다."

아프라는 고개를 번쩍 들고 의외라는 몸짓을 했다.

그러다 이내 환한 얼굴이 되었다.

"그럼 제가 일간 대사님 댁에 들러 사라를 데려가겠습니다."

한 대사는 저녁에 집으로 돌아와 사라에게 아프라가 찾아온 이야기를 했다. 사라는 깜짝 놀랐다.

"대사님, 그자가 행패는 부리지 않았어요?"

"그런 일은 없었소. 그런데 아프라 이야기로는 사라가 그자의 집을 제 발로 도망 나왔다고 하던데……."

"그럴만한 이유가 있어서 그랬어요."

"무슨?"

"결혼 전 혼담이 오고 갈 때 저는 첩을 둔 사람에게는 절데 시집가지 않는다고 했어요. 그때 그자는 자기는 이혼한 독신남이라고 했어요. 그러나 결혼하고 보니 그자는 이미 두 명의 첩을 두고 있었어요. 그 두 첩이 짜고 저를 구박했습니다. 그런데 그 구박보다 더 무섭고 싫은 것은 그자였다. 저를 속여서 결혼한 것도 무섭고 또 그가 하는 사업이 무서웠습니다. 그는 무역을 해서 돈을 번다고 하지만 실은 이 나라 권력자의 비호를 받으면서 옷가지 같은 것을 배로 밀수입해서 파는 밀수꾼이에요. 저는 그런 사람과 그런 돈으로 사는 것이 무섭고 싫어졌어요."

"그런데 그 사람이 사라를 데리러 우리 집에 온다고 했는데 어떻게 하지?"

사라는 고개를 푹 숙이고 한참 생각에 잠기는 듯했다. 고개를 들었을 때는 사라의 눈에 검은 구름이 끼어 있었다.

"대사님께서는 그자에게 뭐라고 말씀하셨어요?"

"나야 자기 처 데려간다는데 막을 수도 없는 일이고 해서 사라만 좋으면 와서 데려가도 좋다고 했는데……."

사라는 다시 고개를 떨어뜨렸다. 한동안 말이 없었다. 속으로 우는 것 같았다.

"대사님 저는 무슨 일이 있어도 그자에게는 돌아가지 않겠어요. 대사님, 제가 싫지 않으시다면 저를 그냥 대사님 곁에 있게 해주세요. 열심히 일할게요."

그녀의 목소리가 잠겼다. 그와 함께 그녀의 사념도 어떤 고뇌 속으로 잠기는 듯했다. 얼마간 그러고 있다가 그녀는 조용히 고개를 들어 밖을 내다보았다. 무언가에 홀려 꿈을 꾸는가 싶더니 희미한 소리로 혼잣말처럼 중얼거렸다.

"비시나 신령님께서는 제가 있을 곳은 여기라고 말씀하셨는데, 여기에 있으면서 대사님을 모시는 게 제 운명이라고 말씀하셨는데……대사님 제발 저더러 이 집을 나가라고만 하지 말아주세요."

"비시나 신령님이라니?"

"비시나 신령님은 우리 조상님들이 옛날부터 모셔온 지신(地神)이에요. 이 땅에 생명을 낳아 주시고 길러주시는 신령님이에요. 어머님과 같은 분이지요. 그리고 늘 우리 곁에 계시면서 우리를 보살펴주십니다. 뿐만 아니라 생명을 잘 간수하려면 정직하게 살아야한다고 항상 주의를 주시는 분이에요."

사라는 한 대사가 모르는, 땅의 신령만이 알고 있는 것을 알고 그에 따라 살아가는 것 같았다.

사무실에서 아프라를 만나고 난 후 4월 중순 경이었다. 관저 마당에서 큰 소리가 났다. 한 대사가 이층 창을 열고 내려다보니 압디와 아프라가 맞붙어 삿대질하며 다투고 있었다. 아프라는 전에 사무실에 왔을 때보다 더 말끔하게 차려입고 있었다. 한 대사가 마당으로 내려가자 잔뜩 화가 난 압디는 아프라를 손가락질하며 비난했다.

"이 자는 사라의 전 남편입니다. 사라를 구박하여 내쫓더니 이제 와서 무슨 염치로 사라를 데려가겠다고 우기는지 참 못된 사람입니다. 사라는 이자를 싫어합니다."

아프라가 압디를 막고 나섰다.

"저 친구 소리는 들을 필요가 없습니다. 다 헛소리입니다. 대사님, 전에 사무실에서 말한 대로 사라를 데리러 왔습니다."

"아프라 씨, 내가 사라와 이야기해보았는데 사라는 지금 여기를 떠날 의사가 없습니다. 그러니 미안하지만 오늘은 그냥 돌아가 주십시오."

"여자의 의사는 소용없습니다. 여자는 무조건 남편의 뜻을 따라야 합니다. 그게 우리나라의 관습이고 법이고 회교의 윤리입니다. 대사님도 여기에 계시는 동안은 우리의 그런 규범을 따라야 합니다."

아프라는 압디와 싸운 뒤끝이어서 그런지 아니면 어디선가 숨어 엿보고 있을 사라가 들어보라고 하는지, 목소리를 크게 높였다. 사무실에서 보여준 태도와는 완전히 딴판이었다. 장사꾼이라서 그런지 변신도 빨랐다.

"글쎄요. 관습과 법이란 것도 좋지만 사람이 사람답게 살겠다는 의사를 존중하는 것이 우선입니다."

"그럼, 그 여자가 나하고 살면 사람답게 못산다는 이야기입니까?"

"미안합니다. 그렇게 들리셨다면. 그러나 내 말은 사람이 싫어하는 것을 강요하는 것은 옳지 않다는 말입니다."

"두 말할 것 없습니다. 내가 내 여편네 데려가겠다는데 한 대사님이 무슨 권리로 막습니까? 왜 알만한 분이 그러십니까?"

"권리? 나에게는 아무런 권리가 없소. 다만 나는 사라의 인권을 존중하고 대우하고 싶을 뿐입니다. 사라가 원하면 언제고 우리 집을 떠날 수 있습니다."

"한 대사님이 이상하게 나오는 것을 보니 뭔가 꿀리는 게 있는 모양이군. 사라에게 빚진 것이라도 있소? 그렇다면 그게 얼만지는 모르지만 우리 한번 타협해 봅시다. 나는 장사꾼이요."

"나는 장사꾼이 아니오. 나를 모욕하는 그런 말을 하려면 당장 나가시오."

"안 되겠소. 내가 직접 사라를 만나 담판을 짓겠소.

사라 어디 있소?"

"그럼 내가 우선 사라에게 물어보고 오겠소."

한 대사는 집안으로 들어가 사라에게 어떻게 할 것이냐고 물었다.

"대사님, 저는 그 사람 만나지 않겠어요. 지금 만나면 더 시끄러워져요. 만나더라도 나중에 제가 조용히 따로 만나겠어요. 오늘을 그냥 보내세요."

한 대사가 아프라에게 사라의 뜻을 전해도 그는 물러나지 않았다.

"이거 수상한데? 정작 사라를 내놓지 않으려는 사람은 한 대사님이 아니오? 안 되겠소. 내가 들어가 직접 만나야겠소."

이때 압디가 나서서 들어가려는 아프라를 붙잡아 제지하고 한 대사도 오늘은 그냥 돌아가는 것이 좋겠다고 거듭 만류했다.

"허! 힘으로 나를 제압하겠다, 이건가! 좋소, 어디한번 해봅시다."

그는 팔을 걷어 부치고 한 판 해보려는 자세를 취하려다 뚝 멈추고 뭔가를 쳐다보았다. 그때 마침 관저에서 기르는 새하얀 고양이가 마당을 가로질러 가고 있었다. 아프라는 넋 나간 사람처럼 한참 고양이를 물끄러미 보고 있었다. 고양이가 사라지자 아프라는 머리를 돌려 한 대사를 한참 바라보았다. 그러다가 독기가 완전히 빠진 낮은 목소리로 말했다.

"오늘은 내가 이만 돌아가겠소. 그렇지만 한 대사님, 우리 곧 또 만날 것이오."

그러고는 힘없이 터벅터벅 문 밖으로 걸어 나갔다. 뒤에 남은 사람들은 모두 저 사람이 왜 갑자기 싸움을 그만두고 점잖게 나가는지 의아했다.

그날 밤이었다. 30도를 넘나드는 열대야 현상이 더 심해서였는지 아니면 낮에 아프라와 옥신각신한 마음의 여진 때문이었는지 한 대사는 잠이 오지 않았다. 그래서 몸을 식히려고 밤이 늦었지만 정원으로 나왔다.

아침저녁으로 물을 주는 나무들, 여기 나무들은 모두 침엽수였다. 수분을 빼앗기지 않으려고 몸의 면적을 최소화한 지혜, 그 지혜가 하루 종일 태양과 싸우면서 지켜온 몸 안의 생명수를 밤에는 풀어놓았다. 그러면 나무 입새에 물기가 오르고 온 정원과 집안에 생기가 돌았다. 그래서 한 대사는 밤 정원을 둘러보기를 좋아했다.

정원을 한 바퀴 돌려고 뒤 정원으로 가다가 깜짝 놀라 멈추었다. 저만치 떨어져 있는 상수리나무 밑에서 사라가 무릎을 꿇고, 가슴에 두 손을 모아 열심히 기도하고 있었다.

"신령님, 저 여기에 있도록 해주세요. 한 대사님을 모시게 해주세요."

사라의 목소리가 가냘프게 들려왔다. 한 대사는 사라가 눈치 못 채게 얼른 그 자리를 피했다.

아프라와 관계된 또 하나의 사건이 있었다. 너무 극적이어서 잊을 수 없는 사건이었다.

그때가 90년 8월 30일이었다. 늦은 밤까지 한 대사가 아무런 연락 없이 집에 돌아오지 않았다. 전쟁 시국이니 무슨 변고를 당하지 않았을까. 대사 부인은 물론 사라와 고용원 모두가 그날 밤을 뜬 눈으로 지새우다시피 했다. 그런데 그 이튿날 아침 일찍 군복을 입은 두 사내가 총을 들고 관저에 와서 사라를 찾았다. 한 대사가 지금 모처에 잡혀 있으면서 사라를 불러오라고 했으니 빨리 가보아야 한다고 했다. 그러지 않으면 한 대사의 신상이 위험해진다고 했다. 온 가족은 혼비백

산했다. 사라는 두 말할 것 없이 따라가겠다고 했다. 한 대사 부인도 같이 가겠다고 나섰으나 두 사내가 제지하고 사라도 만류했다. 잘못하다간 한 대사 부인마저 붙잡혀 일이 더 어렵게 꼬일 것 같아서였다. 사라는 정신없이 두 사내를 따라갔다. 다시는 돌아오지 못할 것 같은 암담한 마음으로 멀어지는 집을 몇 번이고 뒤돌아보면서 갔다. 그러나 자기는 아무래도 상관없다고 생각했다. 자기가 가서 한 대사가 무사하게 된다면 천 번 만번이라도 가야했다. 두 사내를 따라 걸어서, 또는 차를 타고 어떻게 갔는지 한참 가다가 한 검붉은 2층 건물에 도착했다. 그리고 곧바로 아래층 방으로 안내되었다.

방으로 들어가 보니 자기를 맞는 사람은 아프라였다. 그는 의자에 다리를 꼬고 뒤로 버티고 앉아 빙그레 웃고 있었다. 그 능글맞은 웃음을 보자 사라는 단번에 자기가 왜 여기에 끌려오게 된 것인지 다 알아차렸다. 이제는 자기를 포기하고 아프라의 요구를 들어주어야겠다고 생각했다. 아프라는 대뜸 사라보고 한 대사 집에서 나와 자기에게 돌아오라고 했다. 그렇게 하면 한 대사를 풀어주고 그렇지 않으면 한 대사의 목숨이 위태로워질 수도 있다고 했다. 그 협박이 허풍 같지는 않았다. 사라는 한 대사가 정말로 여기에 와 있는지 증거를 대라고 했다. 아프라는 밖에 나가더니 한 대사 구두를 가지고 와 보여주었다. 사라는 나오겠다고 했다. 그러면 그런 약속을 각서로 쓰라고 하면서 아프라는 백지 한 장을 내밀었다. 한 대사를 마지막으로 한 번 만나게 해주면 각서를 써주겠다고 했다. 아프라가 그 조건을 받아드려 각서를 써주었다.

한 대사가 깨어보니 창문이 벌써 훤했다. 주위에는 허름한 탁자 하나와 누추한 침대 하나뿐이었다. 누런 천정에는 형광등이 없었다. 익숙한 관저 방은 아니었다. 창 너머로 보이는 정원이나 거기에 들어선 나무도 전에는 보지 못한 것들이었다. 주위가 생소하고 낯설었다. 그런 생소함이 자기를 빨아들여 자기도 자신에게 낯선 사람이 되었다. 여기에 있는 나는 누구일까? 왜 여기에 와 있을까? 한참 누구와 왜의 정체를 찾아 헤매다가 가까스로 누가 어떤 장소에 와 있는지 감이 잡혔다. 어제 검붉은 벽돌집으로 잡혀와 하루 밤을 지냈고 지금 있는 곳은 그 벽돌집 이층 방이었다. 자기를 잡아온 사람들이 아프라의 수하 군인들이라는 것도 기억해 냈다. 번쩍 정신이 들었다. 잡혀있는 이 곤경을 벗어나기는 해야겠는데 어떻게 해야 할지 전혀 감이 잡히지 않았다. 확실한 것은 자기가 칼자루를 쥔 아프라의 볼모로 잡혀있다는 사실이었다. 답답하고 불안했다.

방 바깥에서 구둣발 소리가 어지럽게 났다. 문이 열리고 사라가 보이는가 하더니 뒤에서 군인이 사라를 안으로 밀어 넣고 문을 닫았다. 사라가 달려와서 어리둥절하고 있는 한 대사 발치에 쓰러졌다. 그녀의 온 몸이 울음으로 물결쳤다. 한 대사는 사라의 윗몸을 붙잡아 일으키고 어떻게 된 일이냐고 물었다. 그러나 사라는 오열에 목이매어 대답을 못 했다. 재촉해서야 사라는 눈물을 닦으면서 물었다.

"대사님, 혹시 사람을 시켜서 저를 이리로 오라고 하시지 않았나요?"

"그런 일 없소."

"내 그럴 줄 알았어요."

"그럼, 아프라가 꾀어 온 건가? 허, 그 사람 별 짓을 다 하는구먼……."

"대사님, 저 때문에 이런 고생을 하셔서 죄송해

요……. 그 사람에게 관저를 나오겠다고 각서까지 써 주었어요. 그렇게 해야 대사님께서 무사히 여기를 나가시게 된다고 했어요. 그러니 이제 나와야할까 봐요. 그렇게라도 해서 대사님께서 별일 없이 관저로 돌아가시게 되면 좋을 텐데……."

말을 못 맺고 사라는 한 대사 무릎에 다시 몸을 부렸다. 잔물결이 그녀의 온 몸에서 다시 일었다.

그때 문이 벌컥 열리더니 아프라가 들어왔다. 손에 종이 한 장을 들고 흔들면서.

"허! 한 대사! 반갑구려. 그런데 두 사람이 연기를 잘 하시는구먼. 아주 감동적인 이별장면이야. 나도 한 대사의 그 인정을 한번 써서 두 사람을 마지막으로 만나게 해준거요. 그런 줄이나 아시오!"

"……."

"한 대사 이게 뭔지 아시오?"

아프라는 손에 든 종이쪽지를 흔들었다. 사라가 써준 각서였다.

"이제 이별은 끝냈소? 그럼, 사라 가자구!"

그는 사라를 붙잡아 일으키려고 했다. 그때였다. 문이 벌컥 열리고 장교 한 사람이 들어왔다. 그는 곧바로 한 대사에게 왔다.

"역시, 한 대사님이셨군요. 코리어 대사가 왔다고 해서 설마 했는데……아니 사라 씨도 와 있고, 도대체 이게 어떻게 된 일입니까?"

쇼마였다. 복장하며 자세가 어엿한 장교였다. 쇼마는 지난 7월 대규모 반정부 시민 데모가 있을 때 그 주모자의 한 사람으로 경찰에 쪼기다 한 대사의 관저에 와 은신한 적이 있었다.

"쇼마군, 반갑네. 자네는 여기 웬일인가?

"저는 한 달 전 여기에 왔습니다만 대사님이야말로 어떻게 오셨습니까?"

"저 장교가 가자고 해서 왔는데……그러니까 잡혀 온 셈인데, 우리들을 어떻게 할지 몰라서 궁금하네. 자네가 좀 물어봐주게."

쇼마가 어리둥절하고 있는 아프라에게 말을 걸려고 하자 아프라는 대뜸 쇼마를 이끌고 밖으로 나갔다. 조금 있자 아래층에서 고성이 오고 가더니 잠잠해졌다. 얼마 후 쇼마가 검붉게 상기된 얼굴로 돌아왔다. 아프라와 다툰 모양이었다.

"대사님, 자세한 것은 나중에 말씀드리겠습니다. 우

선 다른 곳에 가서 알아볼 일이 있습니다."

"쇠마군, 잠깐 내 말을 들어보고 가게. 아프라가 나를 여기로 잡아온 데는 사라를 우리 집에서 데리고 나오기 위한 목적도 있네. 나는 사라가 원한다면 우리 관저를 떠나도 좋다는 입장이네만 자네가 사라를 데리고 나가 사라의 뜻을 알아보고 선처하기 바라네."

그러자 사라는 서운한 모양이었다. 한 번 한 대사를 바라보고 나서 간절히 하소연했다.

"저는 그 사람에게 가기 싫어요. 그렇지만 제가 가지 않으면 대사님이 위험해진다고 해서 간다고 했어요. 대사님과 제가 집으로 돌아갈 수 없을까요? 그게 안되면 대사님만이라도 무사히 돌아가게 해주세요. 제발 그렇게 해주세요."

"잘 알겠습니다. 곧 다녀오겠습니다."

쇠마는 나갔다. 실팍하게 벌어진 그의 등판이 믿음직했다. 그는 검은 뇌옥에 찾아온 한 줄기 밝은 빛이었다. 쇠마가 있는 한 최악의 사태는 모면할 수 있을 것이라는 기대를 갖게 되었다.

"사라, 아프라는 사라를 사랑한다고 했어요. 자기에게 돌아오면 이제는 정말로 잘 해주겠다고 하던군. 그 사람 아주 나쁜 사람 같지는 않던데……."

"대사님, 제가 그 사람은 잘 알아요. 오늘 아침에도 자기 사람을 저한테 보내면서 대사님께서 보내셨다고 거짓말 했잖아요. 그런 사람이에요……대사님께서 속히 집으로 무사히 돌아가셔야 하는데……사모님이 거의 실신 상태에 계신 것을 보고 왔어요."

사라는 집에 있을 때는 한 대사가 어려워 곁에 오는 것조차 망설였는데 지금은 한 대사의 의자 곁에 바싹 다가와 쪼그리고 앉아 있었다. 곧 헤어지면 다시 만날 수 없는 분의 체취라도 가슴속에 품어가고 싶은 모양이었다.

"대사님, 저기 까치가 와 있네요."

사라가 가리키는 곳을 보니 창 너머 버드나무 가지에 까치 한 쌍이 어울려 있었다. 몸을 부지런히 움직이면서 서로의 부리를 부비고 있었다.

"대사님, 제가 처음 관저에 왔을 때도 저 까치들이 와 있었어요. 까치는 좋은 소식을 가져온다고 하던데, 제발 그랬으면 좋겠어요……."

젊은 쇄마가 그렇게 크게 느껴질 수가 없었다. 사태의 추이가 전적으로 그에게 달려있었다. 얼마를 기다렸을까? 기대와 불안이 뒤엉킨 초조한 기다림 끝에 쇠마가 돌아왔다.

"대사님, 실은 USC 지도자 아이디드 장군이 제 숙부이십니다. 조금 전에 아저씨를 뵙고 대사님이 여기에 오시게 된 내막을 알아보았습니다. 3개월 전, 아이디드 장군이 모가디슈에 소재하는 외국 대사관 그리고 외국 원조기관에 보낸 경고서한을 대사님도 읽어보셨지요? 그 서한에서 바레 독재정부를 돕는 외국 정부나 기관은 소말리아 민주세력의 적으로 간주하고 단호히 대항하겠다고 했지요. 그런데 한국정부는 계속 바레 정부에 경제 지원을 하고 있기 때문에 그 불만으로 대사님을 납치해 왔다는 것입니다. 거기에다 사적인 감정이 있는 아프라가 대사님을 납치하는데 주동적인 역할을 했다는 거예요. 그러나 대사님과 저와의 관계를 말씀드리고 선처를 부탁했더니 장군께서 받아드리는 눈치였습니다. 곧 좋은 소식이 있을 것 같습니다."

"쇠마군, 감사하네. 그런데 어떻게 자네가 이곳에 오게 되었는가?"

"대사님께 제 아저씨에 대해 진작 말씀드리지 않은 점을 죄송하게 생각합니다. 실은 저는 아저씨 때문에 숨어 살았어요. 그래서 한 달 전 대사님 댁에서 하룻밤을 지낸 그 이튿날 곧바로 여기로 왔습니다. 아저씨 덕분으로 우리 조직의 척후대장을 맡고 있습니다. 사모님께서도 안녕하시지요?"

"잘 있네. 가끔 자네 이야기를 하면서 자네 신변을 걱정하지. 돌아가서 자네의 지금 형편을 이야기하면 또 자네 걱정 많이 할 걸세."

"별로 걱정 안 하셔도 됩니다. 이 일대는 사실상 우리가 관활하고 있습니다. 더구나 밤은 우리 세상입니다."

그때 한 장교가 문을 열고 들어왔다.

"여러분들! 이제 집으로 돌아가도 좋습니다. 아이디드 장군께서 특별히 배려한 것입니다."

솨마가 그 배려를 부연해 설명했다. 솨마가 반정부 데모의 주모자로 몰렸을 때 한 대사가 관저에 숨겨주어 잡히지 않고 반정부군에 합류할 수 있었다는 사실을 알게 된 아이디드 장군은 감명을 받고 한 대사와 사라를 방면해준 것이라고 했다.

한 대사와 사라는 방문을 열고 복도로 나왔다. 거기에 아프라가 벽에 몸을 기댄 체 기다리고 있었다. 풀이 죽은 모습이었다.

　"한 대사님, 밖에 차를 대기시켜 놓고 있습니다. 그걸 타고 가십시오. 그리고 또 한 말씀, 우리 또 만납시다. 만나게 되어 있습니다. 잘 가십시오. 사라도 잘 가시오."

알라신은 없다

8

하루는 아침 일찍 군인 두 명이 관저에 왔다. 그들은
USC 소속 군인인데 민생시찰을 위해서 나왔다고 했
다. 특히 무장강도에 의한 민간 피해를 알아보고 그들
을 퇴치할 방법을 찾아보기 위해서 나왔다고 했다. 이
제 치안 문제까지 USC에서 떠맡아 할 정도로 모가디
슈 시내는 반군의 수중에 들어간 것이었다.

한 대사가 모가디슈를 떠나고 보름 쯤 지나서, 그러
니까 91년 1월 말경이었다. 아이디드 장군이 이끄는
USC 반정부군이 드디어 바레 대통령을 축출하고 대
통령궁을 탈환하는데 성공했다. 바레 대통령은 케냐로

도피했다고 했다. 이로써 내전은 반군의 승리로 끝나고 시민들은 환호했다. 새 정부가 들어서면 생활이 안정되고 나아질 것이라고들 기대했다. 그러나 그런 기대는 무산되고 말았다.

아이디드 장군은 임시정부를 수립하고 알리 마디 모하메드(Ali Madi Mohamed) 장군을 임시정부 수반으로 내세웠다. 아이디드 자신이 수반을 할 수 있었고 시민들도 그러리라고 예상했으나 그는 군벌 간의 화합을 도모한다는 취지로 모하메드를 앞세웠던 것이다. 그런데 수반이 된 모하메드는 달라졌다. 자신의 입지를 다지기 위해서 아이디드를 견제하기 시작한 것이었다. 아이디드의 막강한 힘이 언제 자신을 정치권력으로부터 쫓아낼지 모르는 불안 때문이었다. 아이디드가 가만히 있을 리 없었다. 곧바로 모하메드를 정치 군사적으로 압박하기 시작했다. 이렇게 수도에서는 견제와 압박이 대치하고 있는 한편, 남부에서는 또 하나의 군벌인 아토(Osman Ato)파 가 들고 일어나 모가디슈 입성을 노리고 있었다. 이리하여 소말리아는 바레 퇴진 후 다시 아이디드파(派), 모하메드파, 아토파 군벌 간의 분쟁에 들어갔다. 매 군벌마다 하나 또는 두어 개의 부족을 후원세력으로 두고 있었다. 그러니까 새로운 분쟁도 결국은 이 나라 고질인 부족간의 권력싸움이었다. 불행한 것은 힘없는 민초였다. 군부가 파벌 싸움을 하느라 정부가 제 기능을 못하고 민생을 챙길 수 없으니 국민은 먹고 살기가 어려웠다.

시국이 어수선하고 살기 힘든데도 사라에 대한 아프라의 집념은 끈질겼다. 그 집념은 그가 지분을 갖고 있는 USC의 권력을 빌려 사라를 잡아야겠다고 별렀다. 그는 먼저 번에 온 후 일주일도 지나지 않아 다시 관저에 나타났다. 전과 같이 군복에 권총을 차고 위세 등등했다. 이번에는 사라도 독한 마음을 먹고 그가 부르기 전에 마당에 나가 그와 마주했다.

"오지 말라고 했는데 왜 또 온 것이요!"

"사라, 그러지 말고 나와 함께 우리 집으로 가자."

"전에도 말했지만 안 된다고 했잖아요. 안 됩니다."

"너 그놈의 한 대사 때문에 그러지? 이제 그놈은 오지 않는다. 오지 않는 놈을 기다리며 고생하는 것은 바보짓이다. 이제 그놈 포기하고 나한테 오는 것이 좋을 게다."

한 대사를 놈으로 호칭하는 데 화가 치민 사라는 자

기도 모르게 격하게 나왔다.

"그분을 놈, 놈 하지 마시오. 그분은 당신이 그렇게 부를 분이 아니요. 그분이 당신과 같은 사람인 줄 아시오! 나를 모욕하는 것은 참지만 그분을 모욕하는 것은 용서할 수 없소. 어서 물러가시오."

아프라는 자기의 격을 한 대사보다 못한 것으로 비하하는 사라의 말에 발끈했다. 천민 출신인 그는 자기의 격에 열등의식을 가지고 있었다. 그걸 건드리는 사람에게는 주체할 수 없는 반감을 드러냈다.

"이게 나를 뭘로 보고! 이 개 쌍나니 같은 년이!"

말이 끝나기가 무섭게 아프라는 사라의 머리채를 붙잡아 앞으로 콱 당겼다. 사라는 고꾸라졌으나 용수철처럼 발딱 일어나 버렸다. 아프라가 다시 머리채를 잡으려고 하자 사라는 온 힘을 다하여 그의 가슴을 밀쳤다. 뒤로 벌렁 자빠졌다 일어선 그는 더욱 화가 나서 사라를 잡아 바닥에 내동댕이쳤다. 그리고 밟으려고 할 때 목탈이 나타나서 그를 뒤에서 붙잡고 말렸다. 이번에는 둘이서 옥신각신 했다. 아프라는 권총을 빼들고 위협했으나 목탈은 물러서지 안았다. 그런 목탈을 당해낼 수 없다고 생각했는지 아프라는 식식거리며 가

버렸다.

아프라가 큰 문제였다. 다음번에 오면 살인할 것 같았다. 목탈을 총으로 쏴 죽일지도, 그보다도 사라 자신을 사살할 것 같았다. 자기가 죽는 것은 상관없지만 지금은 아니었다. 다시 한 번 한 대사를 뵈올 때까지 관저를 지켜야했다. 그러자면 아프라의 접근을 차단해야 하는데 좋은 방법이 없었다. 머리를 싸매고 고민하던 중 퍼뜩 하나의 생각이 서광처럼 떠올랐다.

쇠마를 찾아가서 사정을 이야기하고 도움을 청해보자는 생각이었다. 쇠마나 아프라 두 사람 다 USC반군의 간부이니까 쇠마가 적극 나서면 아프라를 제지할수 있지 않을까? 쇠마가 자신의 힘이 부치면 그의 숙부인 아이디드 장군에게 부탁해서 아프라의 행패를 막아줄 수 있지 않겠나, 전 번 아프라에 의해서 바이두지부로 납치되어 갔을 때도 그 두 분이 도와주지 않았던가. 쇠마를 찾아가 부탁하기로 했다.

쇠마에게 가보자는 데는 다른 이유도 있었다. 쇠마에게 부탁하면 아이디드 장군의 진영에 들어가 먹을거리 걱정을 해소할 수 있는 잡일을 얻을 수 있지 않을까하는 기대도 있었기 때문이었다.

쇄마와 한 대사 사이에는 특별한 관계가 있었다. 한 대사가 데모의 주동자로 쫓기는 쇄마를 숨겨주었고 쇄마는 한 대사가 부임 초 애쓰며 구하고 있던 소말리아 헌법서를 갖다 준 적이 있었다. 이런 인연으로 쇄마는 이따금 관저에 놀러왔고 한 대사는 그런 쇄마를 통해서 모가디슈 시민들의 동향이나 정치정세에 대한 세간의 정보를 얻을 수 있어 그를 환영했다. 이런 관계 때문에 한 대사를 생각해서라도 쇄마가 사라의 부탁을 들어줄 것 같았다.

사라는 전에 쇄마를 만났던 바이두 벽돌집 아지트를 찾아갔다. 그러나 정문을 지키고 있는 두 명의 보초병은 쇄마가 오래 전 탈레 호텔 본부로 자리를 옮겼으니 그리로 가보라고 했다.

탈레 호텔은 관저에서 그리 멀지 않은 곳에 있었다. 반군이 승리하고 임시정부가 들어서자 아이디드 장군은 탈레 호텔을 인수해서 자기 진영의 본부로, 바이두 벽돌집은 지부로 쓰고 있었다. 발레가 쓰던 대통령궁은 임시정부 수반이 사용하고 있다고 했다.

그 이튿날 아침, 사라는 탈레 호텔로 가기 위해서 집을 나섰다. 호텔은 관저에서 동쪽으로 30여 미터 떨어져 나 있는 호단 길을 북쪽으로 40여 분 걸어가면 그 끝에 있었다. 호텔의 건축양식이 특이했다. 지붕은 말린 갈대이엉으로 덮여 있으나 그 아래로 서양식 건물이 연결되어 있었다. 토속적인 건축양식과 현대식의 건축양식이 교배된 특이한 호텔인데 그게 호텔의 인기상품이었다. 그런데 전쟁은 호텔의 내부를 군인 숙소로 바꿔놓았다. 일반 투숙객은 보이지 않고 군인들만 여기 저기 보였다. 호텔 주변의 경계가 삼엄했다. 총을 멘 군인들이 호텔 정문을 지키고 있고 한 쪽에는 기관총도 놓여 있어 보기에도 으스스했다.

사라는 정문을 지키는 경비병한테 다가가 말을 걸었다.

"저, 쇠마라는 분을 만나보고 싶어 왔습니다."

"쇠마 씨? 그분은 어떻게 아는 사이오?"

사라는 한 대사를 내세워야 자기의 부탁이 잘 먹힐 것으로 생각되었다.

"저는 한국대사 관저에서 일보는 사람입니다. 쇠마 씨는 한국대사와 가까운 사이였습니다. 그분에게 전할 말이 있어 왔습니다."

"한국 대사관저의 일꾼, 정말이요?"

군인은 사라를 유심히 살피더니 사라에게서 풍기는 귀티를 보고는 그 말을 수긍한 것 같았다.

"잠깐 기다리시오. 내 안에 가서 물어보고 오겠소."

물어보고 온다는 말이 쇠마가 호텔에 있기는 있는 모양이었다. 우선은 안심되었다. 얼마를 기다리는데 쇠마가 아까 이야기한 군인과 함께 정문으로 나왔다. 군복을 입은 그는 여전히 활기에 찬 젊은 군인이었다. 그는 사라를 보고 놀랐다.

"사라 씨! 이게 웬일이요? 그간 잘 계셨습니까?"

"자세한 이야기는 나중에 하기로 하고, 저 긴히 드릴 말씀이 있어 왔습니다."

"그럼 내 사무실로 가서 이야기합시다. 따라 오십시오."

쇠마는 앞장서서 사라를 정문 안으로 안내했다. 안은 넓은 정원이었다. 여기저기에 원두막 건물이 세워져 있는데 그곳에서 전에는 호텔 손님들이 식사를 했었다. 정원 뒤쪽에 호텔 본건물이 있고 좌측 끝부분에 있는 객실 하나를 쇠마는 사무실로 쓰고 있었다. 거기에는 책상 외에 침대도 있고 벽면에는 큰 면경이 붙어 있었다. 쇠마는 곧바로 한 대사에 관해 물었다.

"한 대사님은 어떻게 되었습니까?"

사라는 한 대사의 근황을 설명해 주었다.

"변화가 많았군요. 어쨌든 한 대사님은 잘 되었습니다. 그런데 사라 씨는 왜 따라가지 않았습니까?"

"대사님께서 함께 가자고 여러 번 말씀하셨습니다만 따라가면 대사님께 누가 될 것 같아서 제가 사양했습니다."

"그러지 말고 함께 갔어야 했는데, 지금 여기는 전쟁 중이 아니오. 지내기 어려운 때인데…… 그런데 여기는 어쩐 일로 오셨습니까?"

"저 어려운 청이 있어 왔습니다. 지금 생계가 막연해요. 그래서 혹시 여기 호텔에서 일자리를 구할 수 없을까하고 왔습니다. 주방 일을 해도 좋고 또는 다른 허드렛일을 해도 좋습니다."

"그 보세요. 한 대사님 따라가셨으면 그런 문제는 다 해결되고 신변도 안전할 터인데……알겠습니다. 일자리 문제는 제 삼촌인 아이디드 장군과 상의해서 알려 드리겠습니다. 그분이 원체 바쁘신 몸이라 삼일 후에 다시 오십시오."

"미안해요. 염치없는 부탁을 드려서."

"괜찮습니다. 전에 제가 사라 씨에게 신세 많이 졌지 않습니까. 마음의 빚을 갚고 싶습니다."

"감사해요."

집으로 돌아오는 길이었다. 아침에 탈레 호텔로 갈 때는 쇠마를 만날 생각만 하느라 주위를 살필 겨를이 없었으나 그를 만나고 마음이 조금 놓이자 주위가 눈에 들어오기 시작했다. 호텔 정문을 나오면 제법 훤칠한 호단 길이 나왔다. 호단 사원을 끼고 있어 그런 이름이 부쳐진 것이었다. 사원은 회교식 돔 건물로 모가디슈에서는 제법 크고 이름 있는 사원이었다. 전쟁 전에는 신도들도 많았다. 일 년 전 대규모 반정부 데모는 이 사원의 신도들이 주도했었다.

호텔 가까이, 나무가 드문 길가에 야자수 나무 두 그루가 높이 솟아 있어 이채로웠다. 그 이채로움 때문인지 사람들은 그 나무를 마을 지켜주는 신목(神木)으로 섬겼다. 나무 중턱을 여러 겹의 형형색색 헝겊으로 둘러맨 것이 그런 섬김을 매어 둔 것으로 보였다. 행인들이 나무 앞에 멈추어 손을 가슴에 얹고 소원을 축원했다. 그 나무 가까이에 돌무덤이 있었다. 한국의 서낭당과 비슷한 무덤이었다. 용케 귀한 돌을 주어와 만든 정성을 보면 그들의 민속 신앙이 깊다는 것을 엿볼 수 있었다. 회교 국가에서는 교리에 반하는 이례적인 풍습이었다.

호텔에서 관저 쪽으로 백여 미터 내려 간 곳에 장마당 터가 있었다. 여기에 일주일에 한 번씩 장이 서곤 했다. 모가디슈 시내 사람들 또는 시골 사람들이 장롱에 숨겨둔 패물이나 농산물을 가지고 와 팔고 샀다. 사라는 이따금 채소, 과일을 사기 위해서 그 장마당에 들리곤 했다.

한 번은 사라가 장마당에 갔다가 낭패를 당한 적이 있었다. 여러 사람들이 둘러서서 뭔가를 열심히 구경하고 있어 가보고는 놀랐다. 두 사람이 멱살을 잡고 싸우는데 한 사람은 하우이에족이고 다른 사람은 이삭족이었다. 같은 물건을 파는데 이삭족이 하우이에족 보다 싸게 판 모양이었다. 자연히 사람들이 싼 쪽으로 몰리자 이에 화가 난 하우이에가 이삭의 목판을 깨부수는 등 난동을 부린 모양이었다. 굴러온 돌이 박힌 돌을 빼간다고 욕하면서였다. 수도 모가디슈를 포함한 중부 소말리아는 하우이에족의 본거지이고 거기에 사는 이삭족은 북쪽 소말리랜드 지역에서 흘러들어온 타지 사람들이었다. 수가 많은 하우이에의 텃세가 심했다. 그러나 이삭도 당하고만 있지 않았다. 더구나 굴러들어왔다는 모욕적인 말을 듣고 가만히 있으면 영영 굴러들어온 천덕꾸러기가 되기 때문에 그냥 넘겨서는 안되었다. 이삭족이 하우이에에 대들어 멱살잡이를 하고 그렇게 해서 싸움이 시작되었다는 것이다. 두 사람의 싸움은 결국 장마당에 있던 하우이에 사람들과 이삭족 사람들의 패싸움으로 번졌다. 수가 열세인 이삭족 측이 불리했다. 이삭족 출신인 사라도 보고만 있을 수 없었다. 자기 패에 끼어 하우이에 사람들과 몸싸움을 했다. 사라는 날씬한 몸매여서 겉으로는 약하게 보이지만 집안일을 많이 해서 강골이었다. 한참 양 패거리들이 붙잡고 밀고 당기는 싸움을 하는데 요란한 호각소리와 함께 경찰이 나타났다. 경찰을 불문곡직하고 싸움에 연루된 사람들, 특히 주모자를 색출해서 모두 잡아다 시내에 있는 경찰서 감방에 가두었다. 사라도 주모자의 한 사람으로 잡혀 감방신세가 되었다.

소말리아 민족은 6대 부족으로 구성되어 있었다. 사회가 미숙한 관계로 부족들이 국가 단위의 한 공동체로 흡수되지 못하고 각 지방의 토호세력으로 분산되어

세 불리는데 열중하고 있었다. 세 불리기는 결국 먹거리 이권을 차지하기 위한 정치적, 경제적 싸움이었다. 그리하여 모든 사회적 갈등의 저변에는 부족간의 이권 다툼이 원인으로 깔려 있었다. 그런데 그 먹거리 싸움은 먹거리 자체가 태부족한 소말리아에서는 내전으로까지 번질 정도로 치열했다. 그때 있었던 모가디슈 내전도 그러한 싸움의 일종이었다.

소말리아 정부에서는 표면적으로는 부족 간의 패싸움을 엄격히 금하고 있었다. 곧 경찰이 잡혀온 사람들을 심문했고 고분고분 대답하지 않으면 폭력을 가하기도 했다. 사라는 심문을 받으면서도 관저 일이 걱정되었다. 자기가 없으면 집안일을 누가하며, 한 대사 시중은 누가 하는지 염려되었다. 빨리 빠져날 방도가 없을까 궁리를 하고 있는데 경찰 한 명이 오더니 자기 혼자만 불러냈다. 나가자 공손한 말로 빨리 집으로 돌아가라고 하면서 앞으로는 그런 패싸움에 끼어들지 말라고 주의를 주었다. 밖에는 압디가 기다리고 있다 출소하는 사라를 반갑게 맞았다. 출소에 대한 압디의 해명이 마음을 울렸다. 한 대사가 평소 잘 알고 지내는 아탄 경찰국장에게 사라를 방면해달라고 부탁하는 편지를 썼고 그 편지를 압디가 경찰국장에게 전달했더니 즉각 사라를 풀어주었다는 것이다. 관저에 돌아온 압디는 만면에 웃음을 띠고 신나했지만 사라는 미안한 마음에 고개를 푹 숙인 채 한 대사를 쳐다볼 수 없었다. 한 대사는 아무 말 없이 그저 물끄러미 사라를 보고만 있었다. 말은 안 했지만 속으로는 저런 온순하고 여려 보이는 여자에게 어떻게 패싸움에 끼어드는 억척스러운 면이 있는지 의아해 했다. 사라는 잘못했다는 말 한 마디 하고 조용히 부엌으로 들어갔다. 그러나 사라의 마음은 잘못했다는 생각보다는 한 대사가 자기를 위해 마음을 써준 그 온정에 온통 쏠리어 있었다.

삼일 후 사라가 다시 탈레 호텔에 갔을 때 좋은 소식이 기다리고 있었다. 쇄마에 의하면 아이디드 장군이 직접 사라를 만나보고 싶어 한다고 했다. 장군도 몇 달 전에 바이두 지부에서 사라를 본적이 있는 것을 기억해 내고는 호의를 보였다고 했다. 쇄마는 사라를 안내하고 호텔 중앙에 있는 큰 방으로 갔다. 장군은 조촐한 테이블 뒤의 안락의자에 앉아 시가를 피우고 있다가 쇄마와 사라가 들어들어오는 것을 보고 조용히 일어서 맞이해주었다. 좀 마른 편이었으나 키가 크고 단단해 보였다. 무엇보다도 눈이 형형한 것이 인상적이었다.

"어서들 와요. 이리 와 앉아요."

장군은 소파에 앉기를 권했다. 사라는 앉는 게 송구스러워 선체 부동의 자세를 취했다. 장군은 시가를 빼어 손에 들고 부드럽게 말했다.

"사라 양, 이리 와 앉아요."

"괜찮습니다."

"사라 양, 한 대사는 어떻게 되었습니까?"

"지난 1월 12일 이태리 구조기 편으로 여기를 떠났습니다."

"그것, 잘 되었군."

장군은 다시 시가를 물고 창밖을 내다보았다. 뭔가를 생각할 때는 시가를 피우는 습관이 있는 것 같았다. 아련히 떠오르는 연기 속에서 이 찾아온 여성을 어떻게 처우해야 할지 생각하는 모양이었다. 한 참 있다 장군이 돌아섰다. 사라는 긴장했다.

"사라 양, 여기서 일하고 싶다고 했다는데 무슨 일을 하고 싶소?"

"아무 것이나 시키시는 일은 다 하겠습니다."

"그래도 하고 싶은 일이 있지 않겠나?"

"저…… 주방 같은 곳에서 일하고 싶습니다."

마음 놓고 배불리 먹을 수 있는 일이 좋을 것 같았다.

"그래? 사라 양, 영어 좀 하나?"

쇠마가 나섰다.

"사라 씨는 하게이사에서 태어나 어렸을 때부터 영어공부를 했고 모가디슈에 와서도 고등학교를 졸업해서 영어를 잘 합니다. 그 정도 잘하는 여자는 드물 것입니다."

"그것 잘 되었군. 내 곁에 영어 잘하는 여자 조수가 필요한데 그것 잘 되었군.

앞으로 주방 일을 돌보면서 가끔 내 일을 도와주면 되겠네."

"감사합니다."

"쇠마군 사라 양에게 보수도 주어야하지 않겠나? 자네가 우리 재정부장과 상의해서 처리하게."

"알겠습니다."

"사라 양, 우리가 자리를 잡으면 한 대사도 돌아오지 않겠소? 그때까지 우리 함께 일 합시다."

"감사합니다."

생각보다 후대를 해주는 장군이 고마웠다. 그리고 자기와 같은 여자를 예우해 주는 것도 감사했다. 한 대사와 공통점이 있었다. 장군도 주미대사를 한 외교관 출신이라 신사다운 면이 있었다. 훌륭한 장군을 모시게 된 것이 기뻤다.

쇠마와 사라는 장군에게 작별 인사를 하고 방을 나왔다.

"사라 씨, 주방에 가봅시다. 일할 곳을 봐두어야 하지요."

주방에는 평복을 입은 민간인과 군복을 입은 군인들 10여 명이 섞여 일하고 있었다. 쇠마가 소개한 주방장은 중대장 격의 군인이었다. 장군의 특별한 배려로 사라가 주방에서 일하게 되었다고 하니까 모두들 사라를 다시 한 번 쳐다보았다. 주방장은 손을 내밀어 사라에게 악수를 청했다.

"언제부터 일할 수 있습니까?"

"내일부터 하면 안 되겠습니까?"

"좋습니다."

"주방장님, 부탁이 있습니다. 저는 하루 종일 일해도

좋습니다만 저녁에는 식사가 끝난 후 제 집에 돌아가도록 해주십시오. 제 집은 한국 대사의 관저인데 제가 지켜야 합니다."

"그렇게 하십시오."

그날은 그렇게 인사만 하고 집으로 돌아왔다.

이튿날 정식으로 호텔에 출근했다. 호텔에는 아이디드 장군의 측근인 20여 명의 장교와 호텔을 지키는 군인 50여 명이 주둔하고 있었다. 주방에서는 그들을 위해 하루 세 끼 식사를 준비했다. 밀, 쌀, 야채, 염소고기 등 식사 재료는 취사당번 군인들이 조달했다. 지키는 군인들은 호텔 식당에서 교대로 식사를 하고 아이디드 장군과 측근은 식당 아닌 다른 특별실에서 따로 모여 식사했다. 사라는 주로 특별실 식사준비를 맡아 했다.

사라가 주방 일을 시작한 지 일주일 지나서였다. 특별실에서 점심식사를 준비하고 있을 때였다. 누군가 사라의 손목을 덥석 잡았다. 사라는 깜짝 놀라 손에 든 식기를 바닥에 떨어뜨렸다. 고개를 번쩍 들어보니 아프라였다. 그는 전과 달리 콧수염과 구레나룻을 짙게 기르고 있어 중량급의 간부가 된 것으로 보였다. 마음이 철렁 내려앉았다. 어째서 호텔에서까지 아프라와 만나게 되는지, 그 악연이 참 질기다는 탄성이 저절로 나왔다. 아프라도 제 딴에는 놀란 모양이었다.

"이게 누구야! 응?"

"……."

"당신이 왜 여기에 와있어?"

"……."

"왜 여기에서 일하고 있느냔 말이요?"

사라는 대답을 하지 않고 잡힌 팔을 뺐다. 하던 일을 계속했다. 마음속은 복잡했다. 아프라가 아이디드 장군의 측근인 것은 알았지만 바이두 아지트에 있을 사람이 왜 호텔에 나타난 것인지 알 수 없었다. 하이에나를 피하려다 오히려 그 짐승의 아가리로 머리를 들이민 꼴이 된 것 같아 황당했다. 아프라는 계속 뭐라고 지껄이려고 하는데 장군이 방에 들어오는 바람에 그만두고 제 자리에 가 앉았다. 사라는 장군을 시작으로 식탁에 앉은 군인들에게 수프 접시를 돌렸다. 아프라 차례에 와서는 손이 떨렸으나 참고 그의 사발에도 수프를 떠 넣었다. 뭐가 잘 못 되어, 말도 하기 싫은 아프라에게 식사시중을 들게 되었는지, 새삼 자기 팔자가 어이없다는 한탄을 했다.

식사가 끝나고 치운 다음 사라가 주방에 들어가 알아보았더니 아프라도 호텔에 상주하고 있다는 것이었다. 낭패였다. 매일 만나 시중을 들게 되었으니 야단난 것이었다. 그렇다고 어렵사리 얻은 식당일을 그만 둘 수도 없고, 어떻게 하면 좋을지 그야말로 진퇴양난이었다.

사라는 저녁 식당 일을 마친 다음 호텔을 나와 호단 길을 걷고 있었다. 돌무덤 당산을 지나면 길가 양측으로 갈대 이엉으로 엮인 토담집들이 납작 찌그러진 채 다닥다닥 붙어있었다. 집들 사이 골목길에서 검은 물체가 움직였다. 이상해서 가던 길을 멈추고 쳐다보면 몸을 숨겼다가 다시 걸어가면 또 나타나 따라왔다. 혹시 해치는 동물이 아닐까 겁이 났다. 사라는 담벼락에 숨어서 자세히 살펴보았다. 검은 물체의 정체는 의외로 검은 개였다. 꽤나 큰 놈이었다. 왜 저놈이 따라올까? 무섭기도, 궁금하기도 했다. 밝은 달빛에 들어난 야윈 개의 갈비뼈가 마치 메마른 밭두렁처럼 울퉁불퉁 굴곡져 있었다. 하기야 사람들도 먹기 어려운 형편인데 동물이야 오죽하랴 싶었다.

전에 관저에서 기르던 개 생각이 나서 따라오는 개가 무섭기보다도 측은했다. 그런데 왜 따라올까? 아무리 보아도 해치려고 따라오는 것은 아닌 것 같은데…… 문득 집히는 것이 있었다. 사라는 호텔 주방에서 먹다 남은 밀가루 전을 쌓아 몸에 지니고 있었다. 남은 것을 버리기가 아까워 집으로 가지고 가는 중이었다. 그 전 냄새를 맡고 배고픈 개가 따라오는 것이라는데 생각이 미쳤다. 사라는 전을 꺼내 손바닥에 놓고 개보고 와서 먹으라는 시늉을 했다. 개는 올듯 말듯 여러 번 반복하면서 망설이다가 결국은 사라의 손엣 것을 덥석 물고 달아났다. 그 후로도 며칠 동안 같은 일이 반복되었다. 사라는 개를 생각해서 식당에서 버리는 음식물을 챙겼고 개는 사라가 올 때를 용케 짐작하고 나타나 사라가 주는 것을 얻어 먹었다. 그러다 보니 사라와 개는 서로를 기다리는 정도로 정이 들었다.

얼마 후 개는 자기 혼자가 아니었다. 고양이 한 마리를 데리고 나타났다. 새하얀 털을 입고 있는 어린 고양이가 귀여웠다. 어둑한 밤에도 그 새하얀 털이 달빛에 하얗게 빛나 신선했다. 개는 사라로부터 얻은 음식물을 고양이와 나눠먹었다. 두 놈이 서로를 생각하는 마음씀이 사랑스러웠다. 고양이를 보니 전에 한 대사가 관저에서 길렀던 고양이가 생각났다.

한 대사가 하루는 관저 뒤뜰을 산책하다가 새하얀 새끼고양이 한 마리를 발견했다. 홀로 애처롭게 우는 것이 어쩌다 어미를 잃은 모양이었다. 딱한 생각이 들어 한 대사는 고양이를 이층 자기 방으로 안고 가 먹을 것을 주었다. 온 몸이 어찌나 새하얀지 그걸 보면 마음에 쌓인 더러운 덩어리가 또는 사무실에서 쌓인 피로가 깨끗이 씻겨 지는 기분이 들었다. 더욱 가상한 것은 고양이는 변을 볼 때 반드시 방 윗목에 갖다 놓은 모래판 상자에 들어가 모래를 해치고 보는 것이었다. 자기의 더러운 것을 남에게 보이고 싶지 않은 것이었다. 그렇게 이틀을 지났을 때였다. 한 대사가 밤에 자는데 고양이가 침대에 올라와 한 대사 옆구리를 파고들었다. 밀어내도 무가내하였다. 할 수 없이 한 대사가 지고 말았다. 그런 다음부터 밤에 잘 때는 꼭 침대 위로 올라와 한 대사의 옆구리에 꼭 붙어 잤다. 그런 고양이를 귀여워하지 않을 수가 없었다. 그렇게 열흘쯤 지났을 때였다. 고양이가 보이지 않았다. 사라를 비롯해 집안 사람들이 여기저기를 샅샅이 뒤졌다. 드디어 사라가 화단 미루나무 뒤쪽 으슥한 곳에 고양이가 죽어있는 것을 발견했다. 한 대사가 가까이 오자 사라가 설명했다.

"고양이는 참 깨끗한 동물이에요. 죽을 때는 반드시 남의 눈에 띠지 않는 곳에 가서 숨어 죽는답니다. 자기의 죽은 꼴을 보이기 싫어서이지요. 저도 그랬으면 해요."

"무슨 소리, 그런데 내 옆에만 오고 싶어 하던 고양이가 혼자 죽을 곳을 찾아갈 때 얼마나 쓸쓸했을까."

한 대사의 목이 잠겼다. 사라의 목도 따라서 잠겼었다.

한동안 아프라를 못 만났다. 탈레 호텔 식당에 나타나지 않았다. 무슨 사고 있든지 아니면 특별한 임무를 수행하느라 오지 못하는 것으로 짐작이 갔다. 그런데 열흘 쯤 지나서였다. 나타나지 않았으면 하고 바라던 아프라가 특별실에 어엿이 나타났다. 저녁을 차리던 사라는 속으로 뜨끔했다. 아프라는 빙긋이 웃으며 사라 곁으로 와 은근한 목소리로 말했다.

"그간 잘 있었소? 이따 저녁 때 집으로 가는 길에 좀 만나지."

사라는 못 들은 척 했으나 속으로는 켕기었다. 그리
고 막상 저녁 일을 마치고 집으로 돌아갈 때는 걱정되
기도 했다. 호단 사원을 지나서였다. 설마 했는데 역시
아프라가 골목길에서 불쑥 튀어나와 길을 막았다.

"나요. 놀랄 것 없소. 호텔 일, 힘들지 않소?"

"……."

"대답해 봐요. 왜 호텔에서 어려운 일을 하느냔 말이
요?"

"……."

"내 집으로 돌아오면 그런 수고를 할 필요가 없지 않
소? 그러지 말고 나한테 돌아오시오. 내 잘해 줄게."

"전번에도 말 했지만 우리는 이제 남남이요. 돌아갈
게 없소."

"아니요. 전에도 말했지만 우리는 위대한 알라 신이
맺어준 인연이오. 우리 맘대로 끊을 수 없는 인연이오.
알겠소!"

"……."

"사라, 그렇지 말고 마음을 돌려 나한테 오시오. 도
대체 왜 그러는 거요? 한 대사, 당신을 버리고 자기 나

라로 돌아간 사람 아니오. 그런 사람에게 집착하는 이유를 알 수 없소. 그 사람을 사랑하는 거요!"

"사랑? 나는 그분을 사랑하는 게 아니오!"

그 순간 아프라의 일그러진 얼굴이 확 펴지는 것이 달빛에 보였다. 목소리도 밝아졌다.

"사랑하지 않는다고? 그렇다면 나한테 돌아오지 못할 이유가 없지 않소. 돌아와요. 내가 당신을 많이 사랑해 줄께. 나를 과거의 나로 생각하지 마시오."

"비키세요. 당신과는 더 이상 입씨름하고 싶지 않소."

사라는 아프라를 뿌리치고 집으로 발길을 돌렸다. 그런데 아프라는 더 이상 치근덕거리지 않고 물러났다. 어쩌면 사라가 한 대사를 사랑하지 않는다는 말을 듣고 그렇다면 억압적으로 나오기보다는 느긋이 구슬려보는 것이 사라의 마음을 얻는데 더 효과적이라고 생각한 모양이었다. 다만 이런 말을 하는 것을 잊지 않았다.

"집에 가서 잘 생각해 보시오. 어떻게 보든 나한테 돌아오는 것이 당신한테는 이로울 것이오."

저놈의 상인, 만사를 이 속으로만 따지는 그가 새삼

역겨웠다. 이로 따져서 정이 생기는가? 사라는 대꾸를 하지 않고 가던 길을 다시 갔다. 아프라가 따라오지 않는 것을 확인하고는 마음이 놓였다. 개와 고양이가 나타났다. 움츠러든 마음이 펴지면서 그놈들에게 어느 때보다도 더 살가운 정을 느꼈다. 사라는 쭈그리고 앉아 그놈들의 등을 쓰다듬어 주고 먹을 것을 주었다. 이제 두 생명은 사랑스러운 한 가족이었다.

　이렇게 개와 고양이와도 정이 드는데 왜 사람하고는 정이 들지 못할까? 아프라는 전 남편이었지 않나. 내가 너무 야박하게 구는 것은 아닐까? 그렇게 스스로 반성도 해보았다. 그러나 개와 고양이는 아프라와 근본적으로 다른 데가 있었다. 동물은 거짓말을 하지 않는다. 아니 못 한다. 그러나 아프라는 거짓말을 잘 한다. 재혼 당시 독신이라고 속였지 않은가. 결혼이란 인류대사가 아닌가. 그런데도 거짓말로 속여 결혼을 했다. 사람은 도리를 챙길 수 있다고 해서 동물보다 낫다고 자부하지만 과연 그럴까? 오히려 못하다는 생각이 들었다. 사람에게는 동물에게는 없는 반도덕적인 사특함이 있는데 어떻게 동물보다 났다고 할 수 있겠는가.

　그러나 아프라가 속이는 사람이라고 해도 용서하고

포용할 수 있지 않을까? 그렇게 하라는 게 종교의 가르침이다. 그러나 용서한다 해도 정을 줄 수는 없다. 정이 없는 사람과 산다는 것은 오히려 그 사람과 자신에게 못할 일이다. 왜 정을 줄 수 없는가? 그건 사라의 마음에는 아프라가 들어올 빈틈이 없기 때문이었다. 사라의 마음은 한 대사로 꽉 차 있어 아프라를 받아드릴 여유가 없었다.

그 꽉 들어찬 마음을 뭐라고 해야 할까? 아프라 말대로 '사랑'일까? 사랑? 그 말을 입에 담고는 사라는 화들짝 놀랐다. 아프라가 말하는 사랑이란 이성(異性)을 상대하는 감정이었다. 그런 말을 어떻게 한 대사에게 쓸 수 있단 말인가. 그런 말은 그분을 욕되게 하는 것이고 불경죄를 짓는 일이었다. 신령님을 이성이라고 생각하고 사랑할 수는 없지 않은가.

며칠 뒤, 밤이 되어 사라가 식당일을 마치고 귀가 도중이었다. 아프라가 또 어둠 속에서 불쑥 나타났다. 몸이 경직된 것이 뭔가 끝장을 낼 기세였다.

"좀 생각해 보았어?"

"……"

"그러지 말고 우리 집으로 가자. 이제 나를 믿어줘."

"갈 수 없소. 왜 자꾸 귀찮게 굴어요!"

"귀찮게 굴어? 말조심해. 나는 엄연히 당신의 남편이고 당신은 내 와이프야."

"전에도 말했지만 우리는 남남이요."

"뭐라! 아직도 우리는 엄연히 호적에 부부로 되어 있소. 법적으로 부부란 말이요. 그러니 나는 남편으로서 당신을 취할 권리가 있소. 알겠소?"

"취할 권리? 나를 당신의 소유물로 착각하지 마시오. 죽어도 당신 소유물은 되지 않을 거요!"

"그래? 그럼 강제로라도 끌고 가야지."

그는 사라의 목덜미를 덜컥 잡아끌었다. 사라는 잡는 손을 강력하게 뿌리치며 반항했다. 아프라는 사라의 몸통을 번쩍 들어 어깨에 멨다. 업힌 사라는 발을 휘두르며 저항했다. 그러다 그녀의 발이 아프라의 배를 찼다. 아프라는 몸을 웅크리며 사라를 놓고 말았다. 화가 잔뜩 난 그는 이번에는 사라의 뺨을 치며 완력으로 사라를 끌었다. 사라는 질질 끌려갔다. 그때였다. 개가 컹 하고 악을 쓰더니 아프라에 덤벼들었다. 아프라는 놀라 사라를 놓고 뒤로 나자빠졌다. 개는 계속 큰

소리로 짖으며 아프라에게 대들었다. 그는 벌떡 일어
나 차고 있던 칼을 빼들어 덤벼드는 개를 찔렀다. 개는
컹 하며 뒤로 물러났으나 곧바로 땅바닥에 쓰러졌다.
사라는 개에게 달려가 부둥켜안았다. 치명상을 입었는
지 움직이지 못 했다. 사라는 개 대신 아프라에게 덤벼
들었다.

"왜 개를 죽이는거요! 차라리 나를 죽이시오!"

그는 발끈했다.

"나를 방해하는 놈은 절대 가만 두지 않는다! 그게
개든, 사람이든 절대 가만 두지 않는다."

"개는 자신을 돌봐주는 사람한테 의리를 지키는 거
요. 당신은 개만도 못한 사람이오!"

"뭐라고! 개만도 못해! 이게 정말 죽고 싶으냐!"

화가 머리끝까지 치밀어 오른 아프라는 사라를 냅다
발로 찼다. 사라가 땅바닥에 굴러 떨어졌다. 그때 아까
부터 두 사람의 싸움을 지켜보던 행인들이 모여들었
다. 몇 사람이 아프라 보고 여자를 그렇게 때려서야 되
느냐하고 나무랐다. 몰려드는 사람이 늘자 불리하다고
생각했는지 아프라는 식식거리며 그 자리를 떴다. 사
라는 개에게 가봤다. 벌써 죽어 있었다. 그 옆에 고양

이가 앉아 죽은 개를 바라보며 희미한 소리로 울고 있었다.

막무가내로 폭력을 쓰는 아프라가 문제였다. 앞으로도 계속 밤에 마주쳐 싸울 것 같은데 언젠가는 아프라가 개를 죽이 듯 자기를 칼로 찔러죽일 것 같았다. 늘 다짐하고 있지만 자기는 죽어서는 안 되었다. 한 대사가 안전하고 행복한 것을 보기 전에는 죽어서는 안 되었다. 그러자면 어떻게 해야 좋을까, 궁리 끝에 쇠마를 찾아가 상의해 보기로 했다. 하루는 점심시간에 쇠마를 찾아가 사정을 털어놓았다. 쇠마도 고심하는 눈치였다.

"사라 씨, 호텔에 숙소를 정하면 어떨까요?"

"그러면 관저는 어떻게 해요? 낮에는 목탈이 관저를 지키지만 밤에는 자기 집으로 돌아가기 때문에 내가 돌아가서 지켜야 해요. 그렇다고 여기 직장을 그만둘 수도 없고 어떻게 하면 좋아요?"

"글쎄, 어떻게 하면 좋을까?"

"쇠마 씨, 저……아이디드 장군께 한 번 말씀드려보면 어떨까요?"

"음……아프라는 사실 아이디드 장군의 돈줄입니

다. 그래서 그를 측근으로 두고 있어요. 그러니 그를 쳐내기가 쉽지 않을 것입니다. 허지만 내가 한번 장군께 이야기는 해보지요."

아이디드 장군은 쇠마를 통해서 아프라가 사라를 괴롭힌다는 소식을 듣고는 "무례한 놈!" 하고 화를 냈다. 장군은 친 조카인 쇠마를 특별히 아꼈다. 쇠마의 말이라면 거의 다 들어주었다. 아프라를 불러 사라를 괴롭히지 말라고 호되게 주의를 주었다.

하루는 특별실에서 점심을 차리는 사라를 보고 장군은 놀랐다. 사라의 왼쪽 눈덩이가 시퍼렇게 멍이 들어 있었다. 왜 그렇게 되었느냐고 묻자 사라는 별 것 아니라고 말을 삼갔지만 곁에 있던 쇠마가 해명해주었다. 아프라가 때려서 그렇게 된 것을 안 장군은 대노했다. 당장 아프라를 데려오라고 호령했다. 불려온 아프라는 장군의 험한 얼굴을 보고는 당황했다.

"아프라군, 자네가 사라를 때렸나?"

"……."

"전번에 사라를 괴롭히지 말라고 주의를 주었는데도 내 말 안 들을 것인가!"

"사라는 제 와이프입니다. 제 집으로 가자고 했는데

안 간다고 해서……?"

"뭐야? 그렇다고 약한 여자를 저렇게 멍이 들도록 때리나! 자네 제정신인가?"

"……."

"그리고 이 편지를 보게. 시민 여러 사람이 연서해서 탄원서를 나에게 보냈네. 그 편지에는 자네가 연약한 여자를 한 번도 아니고 여러 번 폭행하고 있으니 말려 달라고 호소하고 있네. 자네가 얼마나 행패를 부렸으면 그런 탄원서를 보냈겠나. 자네도 아다 시피 우리가 적과 싸워 이기려면 민심을 우리 편으로 돌려야 해. 한 사람이라도 우리 편 사람으로 만들어놓는 것이 중요하단 말이야. 그런데 자네가 사라를 괴롭히면 당사자는 물론 그걸 아는 주위 사람들이 우리를 뭘로 보겠는가! 특히 자네와 같은 사람을 측근으로 두고 있는 나를 사람들은 뭐라고 하겠나! 이제는 사라에게서 완전히 손을 떼게!"

"장군님, 다른 것은 몰라도 그 것만은 장군님 말을 들을 수 없습니다."

"뭐라고! 그쯤 이야기 했으면 알아들을 일이지 네가 감히 내 말을 끝까지 거역하겠다는 거야!"

끝까지 말을 들어먹지 않는 아프라에게 화가 난 장군은 의자에서 벌떡 일어나 아프라의 뺨을 쳤다. 장군은 평소에는 차분한 사람이었으나 불의를 보고는 못 참는 성격이었다.

"너 같은 놈은 내 곁에 둘 수 없다. 너 지금 당장 바이두로 가라! 그것도 싫으며 내 곁을 떠나라! 알겠나!"

바이두 지부는 탈레 호텔에서 꽤나 멀리 떨어져 있었다. 아프라는 별수 없이 바이두로 자리를 옮겼다. 가보니 지부장 정도는 줄 줄 알았는데 차장으로 강등되어 있었다. 쫓겨 온 것도 분한데 계급까지 떨어졌으니 그의 울화는 하늘을 치고도 남았다. 그게 다 사라 때문이라고 생각하니 사라가 미웠다.

그런데 알 수 없는 것은 사라가 밉다가도 자기 곁에 있어주기를 바라는 마음을 지울 수 없다는 것이었다. 그렇게 사라에 대한 아프라의 마음은 상반된 감정이 갈등하고 있었다.

아프라는 전에 한 대사 관저에서 사라를 데려가겠다고 한 대사, 압디와 싸우고 있을 때 새하얀 고양이가 마당을 가로질러 가는 것을 본적이 있었다. 마치 더러운 물을 정화시켜주는 하얀 눈덩이 같았다. 그때까지 싸움으로 마음에 쌓인 응어리가 금방 씻겨 내려가는 것을 느꼈다. 사라는 이따금 그 새하얀 고양이와 같이 다가왔다. 고달픈 처세에 시달리다 맺힌 울분과 피로를 씻어주고 그러면 아프라는 살아갈 힘이 생겼다. 그런 사라가 자기 곁을 마다하니 애가 탈 지경이었다.

사라를 미워하는 데는 사라가 아프라 자기를 싫어하는 데 대한 반감이 죽치고 있었다. 남에게 비호감의 대상이 되는 것에 알레기를 가진 아프라의 반응은 언제고 격했다. 격하다 못해 비이성적일 때가 많았다. 아프라는 태생이 빈한하여 고생하며 컸다. 커나는 과정에서 남한테 뒤지지 않겠다는 오기와 특유의 상재를 살려 재화를 많이 모았다. 그 재화를 활용하여 권력을 사고 명예를 사고 자존심을 샀다. 자신을 산 것이었다. 그렇게 남들이 부러워하는 자신의 가치를 사라는 인정해주지 않았다. 그러면 자기에 남는 것은 천한 태생에 대한 열등의식뿐이었다. 열등의식에 상처를 내는 것은 아프라에게는 금기였다. 그런데 사라는 그 금기를 깨고 아프라의 상처를 쑤시는 것이었다. 참을 수 없었다.

이게 다 사라의 마음이 한 대사에 간 탓이라고 생각했다. 그런데 최근에는 아이디드 장군이 나타나 사라를 넘보고 있다. 사라를 되찾겠다는 아프라에게는 위기가 중첩된 것이었다.

아이디드 장군은 왜 나를 굳이 변방의 한데로 내치면서까지 나와 사라를 떼어놓으려고 하는가? 내가 장군에게 쳐드린 재화가 얼마인데 그런 의리 없는 처사를 한단 말인가? 내가 폭력을 썼기 때문이라든가 또는 민심 어쩌고 하지만 사라와 내가 부부라는 연으로 맺어진 사이라는 것을 고려하면 그런 이유들은 하찮은 것이다. 어쩌면 장군이 자신의 체면을 세우기 위해 나를 희생양으로 내치고 있는 것이다. 그렇게까지 하면서 왜 굳이 우리 부부를 갈라놓으려고 하는가? 혹시 장군이 사라에게 흑심을 품고 있는 것은 아닐까? 그럴 가능성이 충분히 있다. 사라는 미모에다 교양도 있으니 그 사람이 탐낼만하다. 그렇다면 큰일이다. 한 대사가 여기를 떠나 한 숨 돌리는가 했더니 오히려 더 막강한 적수가 나타난 것이다.

사라와 나와의 부부의 연은 위대한 알라신의 점지해준 운명이다. 이건 아무리 강조해도 지나침이 없다. 그런데 한 대사, 아이디드 장군, 사라는 그 운명의 경계를 넘어 감히 알라신의 계율을 무시한다. 그건 알라 신에 대한 도전이요 죄를 짓는 일이다. 그러니 알라신이 그 셋을 처벌할 것이다. 아니면 내가 대신 응징해야 한다. 처절한 응징을 해주어야 한다. 그게 나에게 부여한 알라신의 소명이다. 그렇게 아프라는 벼르고 있었다.

아프라는 핫산을 찾아갔다. 핫산은 사라가 관저에서 쫓아내어 사라에게 불만을 품고 있었다. 아프라는 그를 돈으로 매수하여 자기 하수인으로 만들었다. 핫산보고 가끔 한 대사 관저에 들러 사라가 어떻게 하고 있는지 살펴서 알려달라고 부탁했다. 특히 남자가 들락거리지 않는지, 또는 사라가 밖에서 외간 남자를 만나지 않는지 눈여겨보라고 부탁했다.

소나기의 무지개

9

    독재자 바레 대통령을 축출한 아이디드 장군은 임시 정부를 수립하고 반정부군 세력 간의 화합을 도모하기 위해서 다른 군벌의 수장인 모하메드(Ali Madi Mohamed) 장군을 수반으로 내세웠다. 그런데 모하메드는 정부의 수반이 되자 마음이 변했다. 자기의 위상과 세력을 다지기 위하여 아이디드를 견제하기 시작했다. 그러자 양 군벌 간에 권력다툼이 일어나고 그때문에 소말리아는 다시 무정부 상태가 되었다. 민생은 다시 도탄에 빠지고 여기저기서 테러가 일어났다. 거기에다 그 해 마침 심한 가뭄이 덮쳐 수백만 명의 난민이 생기고 수십만 명이 굶어죽었다. 이를 보다 못한 유엔은 92년 4월 '유엔 소말리아 작전'(UNOSOM) 단을 결성하고 미군이 주축이 된 35,300명의 평화유지군(PKO)을 소말리아에 파견했다. 평화유지군의 임무는 현지의 민생과 치안을 돌보고 평화로운 정부 수립을 지원하기 위한 것이었다.

권력다툼에서 아이디드 측에 밀리는 모하메드는 미군을 지원세력으로 두기 위하여 친미적인 정치행보를 했고 그를 견제하는 아이디드 장군은 미국과 종교적으로 대치관계에 있는 이슬람권을 뒷배로 두기 위한 외교적인 노력을 했다. 아이디드 장군은 소말리아가 영국과 이탈리아의 식민 통치로부터 독립하여 신정부를 수립했을 당시(1961년) 초대 주미대사를 했기 때문에 원래는 친미적인 인물이었으나 미국이 유엔 평화유지군을 소말리아에 파견하는 것을 반대하고 반미적이 되었다. 잘 못했다가는 소말리아가 다시 유엔의 신탁통치(소말리아는 2차 대전이 끝난 후에도 유엔의 승인 하에 1960년까지 이태리 신탁통치를 받았다)에 들어가 주권을 상실한 국가가 되는 것을 우려했기 때문이었다. 소말리아는 원래 회교 국가였다. 국민의 80프로가 회교를 믿고 있었다. 그러니까 이이디드는 회교 국가로서의 정체성을 보존한다는 정치적 명분을 내세워 내외 회교세력의 지지를 얻는데 주력했다.

아이디드와 모하메드는 수도를 양분해서 통치했다. 임시정부가 들어선 대통령궁을 기점으로 그 이남을 모하메드가 장악하고 있고 그 권역에 전략요충지인 공항도 포함되어 있었다. 한편 아이디드는 그 이북, 수도의 3분의 2 지역을 지배하면서 모하메드와 대치하고 있었다.

아이디드 장군으로부터 소외되어 음울한 나날을 보내고 있던 아프라는 결국 아이디드 장군과 상생할 수 없다는 것을 알고 등을 돌리기로 작심했다. 그는 극비리에 모하메드 측을 접촉했다. 마침 모하메드 측근에 평소 잘 알고 지내던 간부가 있어 그를 통해 쉽게 모하메드 장군을 접촉할 수 있었다. 모하메드는 아프라를 환영했다. 아프라를 통해 아이디드 측의 기밀을 얻을 수 있고 무엇보다도 아프라의 재력이 필요했기 때문이었다. 한편 모하메드를 등에 업은 아프라는 아이디드 측에 치명타를 가할 기회를 엿보고 있었다.

93년 5월 아이디드 장군은 공항을 점령하기로 했다. 미군은 수도 남쪽 외곽에 있는 공항을 통해서 모하메드를 지원하는 군인과 무기, 식량을 들여오고 있었다. 때문에 공항만 탈환하면 미군의 지원을 차단하여 아이디드 측이 내전에서 결정적인 우위를 장악할 수 있고 그렇게 되면 미군도 축출할 수 있다는 계산을 했던 것이다.

아이디드는 공항을 점령하기 위한 구체적인 작전을 짰다. 군을 두 부대로 나누어 바다와 육지 양면에서 동시에 공격하기로 했다. 공항의 동쪽은 바로 바다에 닿아있는데 바다 가에 천연적인 사구(砂丘)가 형성되어 있어 이를 교두보로 삼아 공항을 공격하기로 했다. 바다 측 공격은 아이디드 장군이 직접 맡기로 했다. 한편 공항 서쪽에는 밋밋이 올라가는 낮은 둔덕이 있고 그곳에 한국대사관 건물을 비롯한 여러 채의 민가 건물이 있었지만 그때는 모두 비어 있었다. 그 둔덕을 넘어 서쪽으로 내려가면 폐가나 다름없는 이 나라 외교부 등 공공건물이 다수 있었다. 그쪽 시내 방면으로부터 둔덕을 넘어와 공항을 치는 작전은 아이디드 진영의 제2인자인 코시타 장군이 맡기로 했다.

아프라는 아이디드 측의 공항 점령계획을 비밀리에 모하메드 장군에게 알렸다.

아이디드 장군은 그때 인도양에서 위력을 떨치고 있던 소말리아 해적선을 소집하여 시내 북쪽에 매복해 두었다. 거사 당일 새벽녘, 아이디드 장군은 매복해 둔 10여 척의 해적선과 20척의 목선에 100여 명의 정예군을 싣고 남쪽으로 내려와 공항 근처 바다에서 때를 보다 상륙을 시도했다. 그러나 사전에 정보를 얻고 역으로 공항 사구를 이용하여 매복하고 있던 모하메드 군의 집중사격을 받고 상륙도 하기 전에 대패했다. 이때 아이디드 장군은 심한 총격을 받고 곧 사망했다. 코시타 장군 측도 마찬가지였다. 수하 군인을 이끌고 공항 서쪽 언덕을 넘어오다 한국대사관 등 빈집을 방패 삼아 공격하는 모하메드 군의 집중 사격을 받고 대패했다. 다행히 코시타 장군은 죽음을 면했다. 이렇게 해서 아이디드 측의 공항 탈취계획은 실패로 끝나고 아이디드 장군만 잃어버린 결과가 되었다.

아이디드 장군이 죽자 그의 아들이 후계자로 추대되어 USC를 인솔했지만 그 세력은 현저히 약화되고 반면 모하메드 일파는 득세하여 수도권의 3분의 2를 장악했다. 이로써 모가디슈에서의 내분은 어느 정도 소강상태를 회복했으나 이번에는 남부를 거점으로 하는 군벌 아토(Osman Ato)가 모하메드에 반기를 들고 나와 소말리아는 전국적으로 보면 여전히 불안한 정정이 계속되고 있었다.

아이디드 장군이 전사하자 탈레 호텔 사령부의 새 주인이 된 코시타 장군은 아이디드 진영의 잔류 군인을 추스르고 USC군의 진로를 모색했다. 그는 간부회의를 소집하고 공항 전투의 패전 이유를 분석했다. 그 자리에서 그는 의미심장한 발언을 했다. 아무래도 이쪽의 공항 침공 계획이 사전에 모하메드 측에 누설된 것 같다고 했다. 그렇지 않고서야 모하메드 군이 이쪽의 침공 루트를 꼭 집어 매복하고 있다가 공격할 리가 없다는 것이었다. 그리고 방첩대장인 에갈(Egal) 장군에게 누설자를 색출하라고 지시했다. 코시타 장군은 이 문제에는 자기들의 사활이 걸린 것이니 다른 간부들도 에갈 장군을 도와 꼭 누설자를 찾아내야 한다고 강조했다.

아프라는 바이두 지부장으로 승격되어 있었으나 속이 편치 않았다. 간부회의에서 정보누설자 문제가 나왔을 때 속으로는 불안했다. 그게 얼굴 표정에 나타나지 않았는지 걱정되었다. 코시타 장군과 몇몇의 간부가 이따금 자기를 유심히 쳐다보는 것 같아 자기가 의심받고 있지 않나 하는 걱정이 들기도 했다. 그리고 코시타 장군이 누설자 색출에 강한 의지를 내보이는 만큼 잘못하다간 잡혀 처형될 것 같아 불안이 누적되었다. 생각 끝에 모하메드 진영으로 몸을 옮기기로 했다. 모하메드 측은 당연히 그를 환영했다.

하루는 사라가 아침에 호텔에 가기 위해서 현관문을 열고 밖으로 나와 보니 차고 앞마당에서 핫산이 목탈과 이야기 하고 있었다. 핫산을 해고해서 미안한 마음이 있는 터라 사라는 다정한 인사말을 하고 싶었다.

"핫산 씨, 그간 안녕하셨습니까?"

"예, 잘 있습니다."

"그런데 관저에는 웬일로 오셨나요?"

"그저 궁금해서 와봤습니다. 사라 씨도 별고 없으시지요?"

혹시 관저에 재취업을 알아보기 위해서 온 것일까? 그런 의문이 들었으나 목탈이 관저 형편을 잘 설명해 주었을 것으로 생각했다. 나중에 목탈에게 물어봤더니 핫산은 사라와 관저 형편에 대해 이것저것 물어보았다고 했다. 좀 수상한 기미가 있어 자세한 것은 알려주지 않았다고 했다.

바깥세상은 위험하고 불안했지만 그 무렵 사라의 마음은 오히려 평안했다. 성가시게 구는 아프라가 눈에 뜨이지 않기 때문이었다. 쇄마에 의하면 아프라는 공항전투가 있은 후부터 코빼기도 보이지 않는다고 하면서 상재에 밝은 그는 어쩌면 모하메드 진영에 붙은 것 같다고 했다. 아이디드 장군이 유명을 달리하여 세가 약화된 아이디드 진영에 계속 남아 불투명한 장래를 걱정하기보다는 득세하고 있는 모하메드 측으로 넘어간 것이 거의 확실하다고 했다. 어찌되었던 그가 나타나지 않으니 평화였다. 또 하나 다행인 것은 쇄마 덕분으로 사라는 호텔에서 계속 근무하기로 된 것이었다.

모처럼만에 집에 돌아가는 밤길이 가벼웠다. 다만 자기를 맞이해주던 개가 없어 서운했지만 고양이가 대신해 주어 위안이 되었다. 신변이 안전하니 자연히 마음도 느긋했다. 집에 돌아와 오랜만에 숙면을 했다.

다음날 오후였다. 갑자기 하늘에 구름이 모이더니 소나기가 내렸다. 일 년 내내 기다리는 반가운 비였다.

집안에서 맞이하기에는 너무나 벅찬 경사였다. 사라는 동료들과 함께 호텔 정원에 나와 소나기를 온몸으로 맞이했다. 몸을 때리는 빗물의 감촉이 감미로웠다. 비에 젖은 옷이 몸에 감기는 감촉도 싱그러웠다. 소나기는 10여 분밖에 오지 않지만 길을 패일 정도로 세차게 내렸다. 이 비가 지하로 내려가 저장되면 식수가 되는 것이었다. 물이 귀해 시들거리는 사람의 몸이나 산천초목은 일 년에 한 번 팔팔한 생기를 되찾는 때였다. 소나기가 가시자 남쪽 하늘에 무지개가 떴다. 그것도 일 년에 한 번 볼까 말까한 아름다운 장관이었다. 무지개를 보면 하늘이 소말리아를 버리지 않았다는 믿음이 들었다. 사라는 한동안 넋을 잃고 오색 무지개를 바라보았다. 아름다운 무지개는 길조였다. 단비도 길조였다. 길조가 겹쳐 나타나니 뭔가 상스러운 일이 찾아올 것 같은 기분이 들었다. 마음이 들떴다. 나에게 상서로운 조짐이란 뭣인가? 혹시 한 대사님으로부터 소식이라도 오는 게 아닐까? 그것 말고 좋은 일은 없었다. 그런데 그 이튿날 소식보다 더 반가운 일이 찾아왔다. 한 대사가 직접 관저에 나타난 것이었다. 아름다운 무지개처럼.

빈 지게

10

한국정부는 93년 7월, 유엔의 요청에 의하여 상록수 부대를 소말리아 파견했다. 이로써 유엔이 추진하는 '소말리아 유엔 평화유지 작전'(UNOSOM-3)에 참가하게 되었다. 한국으로서는 처음으로 유엔평화유지군을 해외에 파견한 사례였다. 상록수 부대는 연인원 2,700명, 장비 1,360대를 소말리아 중부 지방인 발라드에 투입하여 그곳의 인프라를 구축하는 일에 종사했다. 그곳의 중요 보급로인 발라드-조하르간 60Km 구간의 도로 보수공사를 완공했으며, 또한 제네랄과 다우드 지역의 관개 수리 공사를 완성, 500헥타르의 농지를 개관했다. 그 외에도 폐쇄된 학교시설을 보수하고 기술학교를 설립했으며 발전기, 지프 등 5억 원 상당의 장비와 물자를 기증했다. 이런 상록수 부대의 지원을 현지 소말리아인들은 쌍수로 환영했다.

한 대사는 상록수 부대의 고문으로 합류해 소말리아에 갔다. 사전에 외무부와 국방부간의 합의에 의해 이루어진 일이었다. 상록수 부대가 현지 소말리아 당국 또는 미군 측과 업무 협의를 하는데 고문역을 하는 것이 주 임무였다. 그 외에 부수적으로 모가디슈의 대사관을 재개할 수 있는지, 그게 안 되면 그곳에 놓고 온 관저와 대사관의 국유재산을 반출할 수 있는지를 알아보고 더 나아가서는 소말리아 내전을 위요한 국제정세를 파악하여 한국 외교정책에 반영하고자하는 목적도 띠고 갔던 것이다.

한 대사는 발라드에 온 지 보름쯤 지나서 모가디슈에 갔다. 사전에 모가디슈 시내에 주둔하고 있는 미군 측과 안전문제를 협의한 다음 상록수 군인 3명으로 무장한 지프차를 타고 갔다. 그 무렵 모가디슈는 친미파 모하메드가 관장하고 있어 비교적 치안이 안정되어 있었다. 그리고 가는 도중 워키토키로 미군 측과 수시로 안전을 점검하면서 갔기 때문에 별 탈이 없이 모가디 슈에 들어갔다.

모가디슈의 큰 길에는 전쟁의 상흔이 겹겹이 쌓여 있었다. 많은 건물이 파괴된 채 방치되어 있고 부서진 차량과 쓰레기가 지저분하게 널려 있었다. 도로도 파여 있어 차 운행이 불편했다. 원래 허술한 도시였는데 전쟁이 더 망가트려 볼품없었다. 인적도 드물었다. 나다니는 사람들은 몇 안 되지만 그 행색이 거지꼴인 것을 보면 먹을거리를 찾아 길거리를 쑤시고 다니는 것 같았다. 그런데 이런 황폐한 도시를 검붉은 눈을 부라리며 횡행하는 생물이 있었다. 독수리 떼였다. 전에는 없었던 맹금이었는데 이번에 와 보니 그것들이 하늘을 낮게 날아다니면서 아래를 훑고 있었다. 길거리의 시체를 노리고 있는 것이었다. 떼거리로 움직이는 것을 보면 그간 많은 시체를 수거한 것 같았다. 이런 살벌한 곳에서 사라가 잘 지내고 있을까? 그런 걱정이 한 대사 뇌리를 스치고 지나갔다.

한 대사 지프차는 K로터리를 돌아 낯익은 관저 골목 길로 들어섰다. 관저의 정문이 반가웠다. 그런데 아직도 총상의 흔적이 남아 있어 안타까웠다. 3년의 세월이 지났는데도 문이 고쳐지지 않은 채 있는 것을 보면 손쓸 사람이나 재료가 없어서 그러리라고 생각했다. 양철 문을 두드리자 그 안에서 누구냐고 묻는 소리가 들렸다. 목탈의 목소리였다. 금방 알아들을 수 있었다. 자기의 기억 속에 잘 간직된 소리가 반응했기 때문이었다.

"목탈, 나 한 대사네, 나 왔어. 문 좀 열어주게."

문을 연 목탈이 와락 한 대사 앞에 와서 엎드려 절했다.

"대사님, 이게 웬일입니까? 여기를 다시 오시다니 꿈만 같습니다."

한 대사는 목탈의 두 손을 꼭 잡고 일으켰다. 그의 육중한 몸이 여전히 믿음직스러웠다. 그의 입성이 헤어진 것이 마음에 걸렸다.

"목탈, 그간 잘 있었는가?"

"잘 있습니다만, 대사님은 그간 강령하셨습니까?"

한 대사는 주위를 두리번거렸다. 있어야할 사람이 보이지 않기 때문이었다.

사라를 찾는 것을 알아차린 목탈이 말했다.

"사라는 지금 집에 없습니다. 직장에 갔습니다."

"무슨 직장?"

"저 코시타 장군의 사령부가 있는 탈레 호텔에서 일하고 있습니다. 전에는 아이디드 장군이 계셨던 곳이지요. 제가 가서 데리고 오겠습니다."

"아니, 일이 끝나면 오겠지. 우선 내 일행을 도와서 가지고 온 짐을 집안으로 들여오게."

그는 목탈과 함께 대문을 활짝 열고 지프차를 안으로 들였다. 지프차는 차고 앞뜰에 주차했다. 앞뜰에 깔린 시멘트 바닥이 전보다 더 많이 금이 가 있었다. 마치 늙은이의 주름을 보는 것 같아 새삼 세월의 무상함이 와 닿았다. 차에서 무장한 한국군 3명이 내렸다.

"이 봐! 자네들, 나를 따라 집안으로 들어가세."

그는 군인들과 함께 집의 거실로 들어갔다. 거기에 놓인 긴 소파가 옛날 그 모습으로 단정히 보존되어 있었다.

"자네들 조금 쉬었다가 가져온 양식을 부엌에 들여놓게."

"지금 당장 하겠습니다."

군인들은 밖에 나가 차에서 쌀 다섯 포대와 깡통 부식품을 들여왔다. 참치 조림, 소고기 조림, 김치 조림이 들어 있는 깡통들이었다. 목탈도 도왔다. 일이 끝나자 군인들은 거실 소파에 앉아 얼굴과 목에 흐르는 땀을 씻으며 가지고 온 생수를 마시며 담소했다. 한 대사는 부엌에 들어가 보았다. 전에 두었던 큰 냉장고가 보이지 않았다. 찬장을 열어보았다. 사발 서너 개만 보이고 텅 비어 있었다. 사라의 살림이 곤궁한 것을 알 수 있었다. 고생을 많이 했겠구나 하는 생각이 들었다. 군인들이 쉬는 동안 한 대사는 관저를 둘러보았다.

현관문과 1미터 거리를 두고 담 밑으로 길게 조성된 화단이 잘 보존되어 있었다. 거기에 자라는 자잘한 다복솔 나무들이 전지가 잘 된 채 제대로 가꾸어져 있었다. 사라의 정성이 묻어나 있었다.

화단 서쪽 담에 붙어 한 그루 미루나무가 서 있었다. 제법 넓은 그늘을 드리우고 있는 나무였다. 한 대사는 저녁 때 석양이 낄 무렵이면 가끔 그 미루나무 아래에 놓인 의자에 앉아 책을 보든가 명상을 했다. 그 의자는 특별한 사연을 지니고 있었다.

북한 사람들이 관저로 오던 날 오후, 황혼이 들 무렵이었다. 한 대사와 북한의 김 대사는 미루나무 의자에 앉아 담소를 나누고 있었다.

"김 대사님, 우리 집에 오신 것, 잘 하신 일입니다.

편안한 마음으로 쉬십시오."

"사실 아이들과 안사람들만 아니었다면 여기에 오지 않았을 겝니다."

그 말을 듣고 한 대사는 마음이 뭉클해지는 것을 느꼈다. 사람을 국가적 이념으로 아무리 길들여 놓으려고 해도 인간의 가족애는 어쩔 수 없는 것이었다. 북한 사람들이 그런 휴머니즘을 가지고 있는 한 언젠가는 남북이 함께 살게 될 것이라는 희망을 가져본 적이 있었다.

그런데 아직도 빈 의자 두 개가 나무 밑에 놓여 있는 것이 궁금했다. 하나는 나를 위한 것으로 짐작이 가지만 나머지 하나는 누구를 기다리는 것인가? 혹시 북한 대사를 기다리고 있을까?

화단의 서쪽 끝에서 옆집과 담을 이루고 있는 좁은 길로 들어섰다. 전에 사우디 제다에서 발전기를 사다 놓고 전기를 생산한다고 애를 태우던 곳이었다. 사온 발전기는 한 달쯤 쓰고는 고장이 났으나 고칠 기술자가 없고 부품이 없어 고치지 못하고 방치해 뒀었다. 씁쓸한 기억이었다. 발전기를 놓은 자리에서 뒤쪽으로 20여 미터 가다 우측으로 꺾이는 모서리에 상수리나무가 있었다. 옛날 그대로의 모습이 반가웠다. 사라가 한 밤에 무릎을 꿇고 자기 주인을 위하여 기도드리던 애처로운 모습이 떠올랐다. 그처럼 그곳은 사라가 소 망이 이루어지기를 비는 성소 비슷한 곳이었다. 거기 서 옆집과 담을 이루면서 우측으로 뒷길이 나오는데 조금 가면 수조가 나왔다. 수조에 물이 채워져 있는지 어쩐지 늘 신경이 쓰이던 일, 수조의 물에 버러지가 서 식하여 그걸 제거하느라 애쓰던 일이 생각났다. 그래 도 아직 그대로 있는 것이 다행이었다. 수조를 지나 조 금 가면 차고가 나왔다. 그는 다시 차고 앞뜰로 내려와 주위 동네를 살폈다. 관저는 조금 높은 둔덕에 지어져 있어 아래를 내려다보고 있었다. 저 아래 집들이 옛날 처럼 그대로 있었다. 그런데 사람들이 살고 있는지 어 쩐지 인기척이 없었다. 그 일대는 부유층이 사는 곳이 라 2층 또는 3층으로 지어진 큰 집들이 많았다. 전쟁 통에도 상하지 않고 그대로 보존되어 있는 것이 대견 했다. 그리고 집들 주위에 아직도 키 큰 나무들이 살아 있는 것도 반가웠다. 눈을 들어 멀리 보면 남쪽 하늘이 가없이 보였다. 300미터 밑으로 비행장이 있었다. 그 때 비행장에서 북한 사람들을 구해 관저로 데려오던 일, 이태리대사관에서 구조기를 타기 위해 공항에 갔던 일, 공항에서 불청객 소말리아 인들에 밀려 구조기를 타지 못할까 전전긍긍하던 일, 그런 아수라장 속에서도 바닥에 떨어진 통신장비 가방을 주울 수가 없어 발로 밀고 갔던 일, 가까스로 구조기를 탔던 일들이 생각났다. 3년의 세월을 지내면서 겪었던 일들이 그렇게 주마등처럼 스쳐가면서 그 긴 세월이 자기에게 남긴 것이 무엇인지 생각해보았다. 기껏해야 남겨진 것은 빈 지게뿐이었다. 사람은 어디를 가던 지게를 짊어지기 마련이다. 생활을 나르기 위해서다. 헌데 소말리아에서는 그 지게를 3년 지었어도 빈 지게였다. 다만 한 가지 얻은 것은 사라와 같은 성실한 사람과 함께한 세월이었다.

저녁밥을 할 때가 지나도 사라가 돌아오지 않았다. 군인들을 위해서 아무래도 사라를 데려와야 할 것 같았다. 한 대사는 목탈을 쳐다보았다. 목탈은 알아차리고 부리나케 밖으로 나갔다.

그는 이층 자기가 기거하던 방으로 가보았다. 문을 열어보자 우선 깨끗이 정돈된 모습이 눈에 확 들어왔다. 침대 시트도 단정이 깔려 있고 깨끗했다. 오래 쓰지 않아 매캐한 냄새가 났다. 그게 인정의 냄새 같아 반가웠다. 그런데 놀랍고 신기한 것은 침대 맞은 편 벽 아래로 신단이 차려져 있는 것이었다. 신단 위로 비시나 신령의 그림영정이 걸려 있고 그 옆으로 한 대사 자신의 사진이 낡은 액자에 넣어 걸려 있었다. 소말리아에 부임할 무렵 찍은 근영이었다. 그런데 사진 속의 자기 얼굴이 어두웠다. 하기야 자기는 별로 웃어본 적이 없으니 사진 속의 인물인들 밝을 리가 없었다. 사라는 왜 그런 어두운 사진을 걸어놓았을까?

자기 방을 나와 복도를 지나 맞은 편 방을 열어보았다. 사라가 쓰고 있는 방이었다. 깔끔한 방에 작은 경대 하나와 그 맞은 편 벽으로 옷장 하나가 놓여있었다. 침대 맡에 또 하나의 한 대사 사진이 걸려 있었다. 젊었을 때 사진인데 용모가 밝고 괜찮아 보였다. 안방과 건너 방에 걸려 있는 자기의 명암이 엇갈리는 두 얼굴, 암은 현실의 얼굴이고 명은 이상의 상이라고 할 수 있었다. 사라는 명을 품어 않으면서 암을 보살펴주려고 애쓴 것일까?

대문이 삐꺽 열리는 소리가 났다. 한 대사는 빨리 자기 방의 반달 창가로 가서 아래를 굽어보았다. 사라가 목탈과 함께 들어오는 것이 보였다. 키가 커서 예나 다름없이 늘씬한 몸매가 눈에 들어왔다. 그는 서둘러 2층에서 내려와 화단 길로 걸어오는 사라를 마중했다. 그는 사라의 양 손을 꼭 쥐었다.

"사라, 그 간 잘 있었소?"

"······."

사라는 놀란 모양이었다. 한동안 멍하니 서 있었다. 입성도 모습도 허술하고 얼굴도 까칠한 것이 한 대사의 마음에 걸렸다.

"사라, 얼굴이 좀 야위었는데 그 간 고생 많이 한 모양이군······."

고생이라는 말에 사라의 눈에서 금방 눈물이 고였다. 그런 눈으로 한 대사를 한참 우러러보다가 고개를 아래로 내렸다. 말없이 우러러보는 모습은 여전하구나 하고 한 대사는 생각했다.

"사라, 쌀과 부식을 좀 가져왔소. 부엌에 놔두었는데 그것들로 저녁을 지으시오. 나와 함께 온 군인이 세 명인데 수고들 많이 했소. 저녁을 잘 먹이시오."

사라는 역시 아무 말 없이 부엌으로 들어갔다. 옛날이나 다름없는 조용한 모습이었다.

사라가 저녁을 짓는 동안 한 대사는 군인들과 함께

지프차를 몰고 옛 대사관 건물로 가보기로 했다. 집을 나와 K-4로터리를 지난 다음 공항 쪽으로 직진했다. 가는 길이 모가디슈에서는 선택된 부자 길이었다. 길 양쪽에는 제법 그럴싸한 서양식 집들이 30여 채 열 지어 붙어있었다. 소말리아 권력층이 소유하고 있는 집들이었다. 그들이 직접 살기도 하지만 대부분 집들은 외국인에게 전세를 놓고 그 수입으로 부를 축적하고 있다고 했다. 초근목피로 사는 인근의 토담집들과는 너무나 대조적인 집들이었다. 그 '너무나 대조적인 것'에 저항하는 민중이 현상 타파를 외치며 무기를 들고 일어난 것이 소말리아 내전이라는 생각을 다시 하게 되었다. 공항에 다 가서 우측으로 넓은 공터를 낀 구릉이 위로 밋밋이 올라가는데 그 중간쯤에서 우측으로 조금 들어간 곳에 대사관 건물이 있었다.

90년 말 모가디슈에서 시가전이 벌어지고 3일이 지나서였다. 대사관 옆에 붙어 밋밋이 위로 올라가는 구릉 들판에서 총소리가 들렸다. 괴이하다 싶어 한 대사가 창가로 가 밖을 내다보고는 깜짝 놀랐다. 누런 군복을 입은 군인들이 턱 밑에 총을 가로로 끼고 포복자세로 구릉 위쪽으로 기어가고 있었다. 그 위쪽에는 바레 정부의 국방부장관 사택이 있었다. 조금 있다 그 사택에서 요란한 총소리가 5분여 들리더니 멈추었다. 나중에 알아보니 그 싸움에서 반군들이 국방부장관을 잡아갔다고 했다. 그걸 보고 한 대사는 전세가 정부에 불리하다고 판단했었다.

대사관 현관을 열고 들어서자 집 관리인이 나왔다. 원래 그 건물 주인은 미국에 살고 그 건물은 한 대사가 임차해서 대사관 건물로 사용했었다. 건물의 여기저기가 파손되어 있었다. 관리인의 말로는 공항을 점령하기 위해 구릉을 넘어오는 코시타 군대를 모하메드 군대가 대사관 건물을 방패막이로 싸워 패퇴시키는 과정에서 대사관 건물이 많은 피해를 입었다고 했다.

대사관 내부도 온전할 리 없었다. 한 대사가 쓰던 2층 방에는 아무 것도 없었다. 전에는 서울서 가져온 테이블과 소파, 그리고 책장이 들어 있었다. 관리인은 전쟁 통에 누군가가 훔쳐간 것이라고 했다. 건질만한 재산이 하나도 없었다. 뭔가 남아 있을 것이라고 기대한 자신이 전쟁이란 횡포를 얕잡아본 것이었다.

한 대사는 무거운 마음으로 관저로 돌아왔다. 사라가 부엌 옆으로 달린 16인용 식탁에 저녁을 차려놓고 기다리고 있었다. 그걸 보고서야 무거운 마음이 풀렸다. 주식은 양념을 친 스파게티였다. 소말리아는 이탈리아 식민지였음으로 음식도 이탈리아식이었다. 반찬으로는 구운 양고기와 야채무침이 놓여 있었다. 사라는 한 대사가 대사관에 간 사이에 호단 시장터에 가서 양고기와 채소를 사왔다고 했다. 그 먼 길을 단숨에 갔다 온 사라의 정성이 예나 다름없었다.

한 대사와 군인들은 시장했던 터라 저녁을 튼실하게 먹었다. 그들은 식사가 끝난 후 거실로 나와 소파에 앉아서 사라가 내 온 차를 마셨다. 이런 저런 잡담을 했으나 오래 가지 않았다. 피곤하니까 일찍 자기로 했다. 군인들은 거실 맞은편에 있는 손님방에서 자기로 했다. 한 대사도 이층 자기 방으로 올라갔다.

방에서 상의를 벗어 한 구석에 놓고 침대에 누었다. 몸이 나른해지면서 마음이 착 가라앉았다. 한참 가라앉는 밑바닥에서 한 뭉치의 검은 구름이 꿈틀거렸다. 그게 무엇일까? 그 질문은 실은 자신에 대한 의문이었다. 이제는 어떻게 할 것인가? 어떻게 해야 한단 말인가? 해답 없는 검은 의문이었다. 그는 그때까지 평생을 해답이 없는 의문에 우물쭈물 끌려다녔다. 그러니 주변머리 없는 생활을 해온 것이었다. 그래도 사라에게 뭔가 말을 해야 하지 않나? 그 먼 길을 왔으니 뭔가 의미 있는 말을 남겨야 하지 않겠나? 앞으로 두고두고 추억에 남을 말이 있지 않겠나? 그러나 역시 우물쭈물하고 선뜻 나서지지 못했다. 이래선 안 된다, 아무 말을 하지 않는 것은 사라에게 실례가 아닌가? 그럼, 무슨 말을 해야 하나? 아니다, 사라가 건강히 잘 있는 것을 보았으면 그걸로 되었지 무슨 말을 하겠는가. 잘 정리했다고 생각해도 의문은 미진한 채 마음에 남아 답답했다. 그는 일어서서 창가로 가 밖을 내다보았다. 구름 한 점 없는 검푸른 하늘에 수많은 별들이 촘촘히 빛나고 있었다. 그 많은 별들은 3년 전과 다름없이 각기 제 자리를 지키고 있었다. 제 자리에 의문을 갖지 않기 때문이리라. 그에 비하면 자신은 옛날이나 지금이나 제자리가 의문으로 불안정했다. 그러니까 소말리아에 다시 와서 사라를 생각하는 것이라고 생각했다. 안 되겠다, 밤도 깊고 피곤하니까 자자, 자는 게 상책이다. 그는 침대로 돌아가 누웠다. 천정이 이상했다. 자기를 내려다보면서 빙빙 돌았다. 그 와중으로 빨려들어갔다. 어릴 때 몸이 허약하면 자주 겪던 가위눌림이었다.

지금은 생각이 허약하기 때문에 그런 가위눌림이 찾아온 것이리라. 어릴 때는 아버지를 부르며 그 와중에서 건져달라고 외쳤다. 지금은 사라를 불러야 하나? 아니다. 자자. 그는 눈을 감고 모로 누웠다. 어릴 때는 모로 누우면 가위눌림이 사라지곤 했다.

사라는 부엌을 깨끗이 치우고 위층 자기 방으로 올라갔다. 한 대사 방과는 복도를 사이에 두고 떨어져 있으니 지척이었다. 옷매무새를 단정히 하고 얼굴도 깨끗이 했다. 방 문 곁에 앉아 귀를 기울였다. 한 대사 방에서는 아무런 기척이 없었다. 한 대사가 어쩌면 자기를 부를 것이라고 생각했다. 이제나 저제나 하고 기다렸다. 부름이 없었다. 사라는 한 대사와 2년간 같은 집에서 사는 동안 내내 부름을 기다리는데 목말라했다. 그 목마름을 지금도 되풀이하고 있는 것이었다. 어쩌면 영원히 반복해야 할 것이다. 그게 자신의 운명인지 모른다고 생각했다. 그러면서도 혹시나 하고 문틈에 귀를 바짝 대고 한 대사 방을 오랫동안 엿들었다. 그러자 찌르륵 찌르륵 하는 소리가 들렸다. 화단에서 들려오는 풀벌레 소리였다. 보통 때는 잡히지 않는 소리인데도 그날 밤은 들렸다. 그 풀벌레 소리는 어릴 때 고향 하게이샤에서 어머님과 함께 잘 때 자주 듣곤 했다. 고향의 풀밭이 생각나고 부모와 함께한 날들이 그리웠다. 한 대사는 그렇게 고향의 그리움과 함께 와서 자기의 귀에 찌르륵 찌르륵 풀벌레 말을 들려주는 분이었다. 그 풀벌레 말에 분명 뜻이 있을 터인데 그게 뭣인지 알 수 없었다. 잡으려고 애쓰고 애쓰다 그만 잠이 들고 말았다.

꿈을 꾸었다. 밤늦게 호텔에서 귀가하는 길이었다. 작은 무덤 같은 집들이 양 측으로 고즈넉이 붙어 있는 호단 길을 홀로 걷고 있었다. 주위에는 움직임이 없었다. 바람도 소리도 없었다. 들리는 것은 자기의 외로운 발걸음 소리뿐, 만상이 고요했다. 그러나 밤하늘의 높고 거침없는 맑은 궁창에는 아름다운 선율이 흘렀다. 반짝이는 무수한 별들이 다정히 모여 우주의 합주를 연주하고 있었다. 갑자기 그 많은 별 가운데 큰 별 하나가 검푸른 하늘에 휘황한 황금빛을 그으며 내려오기 시작했다. 보기에도 황홀했다. 그런데 그 유성이 자기를 향해 오고 있는 것이었다. 사라는 뒤로 주저앉고 말았다. 그게 다 와서는 해바라기 같은 원광으로 반짝 변했다. 눈이 부셨다. 더욱 눈을 부시게 하는 것은 그 원

광 속에서 새하얀 옷을 입고 나오는 사람이었다. 돌아가신 어머니였다.

"어머니! 어머니! 얼마만입니까?"

어머니는 웃으면서 사라의 어깨에 손을 얹었다. 옛날의 다정한 손이었다.

"그간 잘 있었느냐? 오늘은 너에게 특별히 보여 줄 사람이 있어 왔다. 나를 따라 오너라."

어머니는 앞서 걸었다. 사라는 혼몽 속에 따라갔다. 조금 가다 느티나무가 있는 곳에 다다르자 어머니는 허리를 굽혀 땅을 덮고 있는 나무판 뚜껑을 열었다. 지하로 내려가는 계단이 나타났다.

"나와 함께 이 계단을 내려가자."

"예."

"그런데 그분을 만나려면 너는 연이 되어야 한다. 네가 어릴 때 시골에서 하늘에 올렸던 연말이다."

"연이요?"

"그래 연이다. 연이 되어야 네가 자유스러워진다. 그래야 그분을 만날 수 있다."

"……."

"네 연이 자유가 되려면 너를 땅에 비끄러매는 연줄

을 끊어야 한다. 네 몸에서 벗어나야 한다."

사라는 순순히 따랐다. 어머니와 함께 내려가는 길은 정말 신비했다. 갑자기 몸이 가벼워졌다. 발은 여전히 계단을 밟고 있으나 몸은 둥둥 떠 있었다. 둥둥 떠 있는 몸은 몸이 아니었다. 이미 자기는 몸이 아니었다. 연이었다.

계단 아래로 한참 내려가다 옆길로 들어섰다. 그때 고양이 한 마리가 나타나 눈웃음으로 사라를 맞이했다. 호단 길에서 밤마다 만나는 고양이었다.

"고양이 너로구나. 반갑다. 그런데 검은 개는 안 왔니?"

고양이는 아무 대답 없이 그 앙증스러운 눈을 들어 두 사람을 올려다보더니 따라오라는 시늉을 했다. 길을 안내하는 고양이는 신기하게도 일어서서 방문 하나를 열었다. 사라가 하게이샤에 있을 때 부모와 함께 자던 방이었다. 자기의 작은 이불이 정갈하게 개어 한 쪽에 놓여있었다. 그립던 방이었다. 고양이는 또 하나의 문을 열었다. 부엌이 나타났다. 밥을 차리는 젊었을 때의 어머니 뒷모습이 보였다.

"어머니, 저 배고파요. 빨리 밥을 지어 주세요."

"밥보다 우선 만나야할 분이 계시다. 좀 참아라."

고양이는 마지막 방문을 열었다. 사라가 어렸을 때 공부하던 방이었다. 어머니가 속삭였다.

"사라야! 문 안으로 들어가 보아라. 거기에 네가 기다리는 분이 계시다."

어머니는 고양이와 함께 문 뒤에 남고 사라 혼자 공부방으로 들어갔다. 방 안은 황금빛으로 환했다. 사라가 어렸을 때 공부하던 책상과 책꽂이가 보였다. 그것들을 어루만지고 있는 사람이 있었다. 한 대사였다. 사라는 달려가 한 대사 발치에 몸을 던졌다. 그녀의 어깨에 잔물결이 일었다.

"대사님, 대사님이세요?"

한 대사는 웃으며 사라를 일으켜 세웠으나 아무 말이 없었다.

"대사님 얼굴이 많이 안 되었어요. 그간 고생이 많으셨지요? 제가 식사를 대접해 드릴게요."

사라는 자기 몫으로 주어진 레이션 박스를 따고 그 안에 든 음식을 꺼내 한 대사에게 차려주었다. 밖에서 총소리가 날 터인데 나지 않고 조용했다.

"대사님, 대사님은 몸이 좀 약하시니까 세끼 밥을 꼭

챙겨 잡수셔야 해요."

사라는 한 대사가 좋아하는 꽁치통조림을 따서 그에게 주었다. 그는 겸연쩍어 하면서도 맛있게 받아먹었다. 마음이 푸근한지 엷은 웃음을 띠었다.

"대사님, 될수록 많이 잡수셔야 돼요. 그 대신 잘 씹어 잡수셔야 돼요. 대사님은 위가 좀 약하시니까요."

한 대사의 얼굴에서 엷은 웃음이 사라지고 시무룩한 안개가 끼었다. 그 때문인지 얼굴에 처연한 기색이 떴다. 전에 이태리대사관을 떠날 때 야자수 나무에 기대어 사라와의 작별을 애석해 하면서 짓던 그 처연함이었다. 그 처연함이 다시 나타난 것을 보면 이제 작별할 때가 된 모양이었다. 그러기에 앞서 한 대사의 이마에 잡혀있는 주름을 펴주고 싶었다. 삼 년간의 세월이 한 대사를 애먹인 흔적이었다. 그걸 지워주고 싶었다.

"대사님 제가 주름을 펴드릴까요?"

사라는 손을 들어 한 대사의 얼굴에 댔다. 그러자 한 대사가 불현듯 살아졌다.

"대사님, 어디 가셨습니까! 어디 계셔요!"

사라는 어디를 외치고 외치다 그 소리에 목이 메어 꿈을 깼다.

깨고도 꿈속의 한 대사가 선연하게 보여 한동안 행복했다. 그러나 섭섭하기도 했다. 대사님은 오랜만의 상봉인데도 내내 아무 말이 없었다. 현실에서는 그렇다고 하드라도 꿈속에서까지 말이 없으신 채 사라지시다니!

창문이 밝았다. 자세히 보니 아직 이른 아침이었다. 사라는 부리나케 부엌으로 내려가 아침 식사를 준비했다. 이번에는 군인들이 가지고 온 쌀로 밥을 했다. 한국 사람들이 주식으로 하는 쌀밥을 짓기로 한 것이었다. 한 대사 부인이 놓고 간 전기밥솥을 꺼내 오랜만에 쌀을 익혔다. 반찬은 군인들이 가져온 깡통 조림과 어제 저녁에 해 놨던 염소고기였다.

아침 식사준비를 끝내고 기다리자 한 대사가 군인들과 함께 식당으로 들어왔다. 차린 음식을 보고 그들은 사라의 정성에 놀란 듯했다. 식사가 끝난 다음 군인들은 거실에 가 그날 할 일을 논의하고 한 대사는 식당에 그대로 앉은 채 사라를 불렀다. 사라는 드디어 한 대사가 무슨 말을 하려나보다고 긴장되었다. 물 묻은 손을 앞치마에 깨끗이 닦고 옷매부새를 단정히 한 다음 식당으로 갔다.

"자, 사라 이제는 떠나야할 것 같소."

한 대사는 지긋이 사라를 바라보며 말문을 열었다.
어쩌면 그게 가장 의미 있는 말이라고 생각했다.

"……."

사라는 고개를 숙이고 말을 못했다.

"지금 떠나 시내에 있는 미군부대에 잠깐 들렀다가
다우드로 가겠소. 그곳에서 한국 군인들이 수리 공사
를 하고 있소. 그런 다음에는 우리의 본부가 있는 발라
드로 갈 것이오. 그 이후 일은 지금으로서는 예측하기
가 어렵소."

"……."

"사라, 혹시 발라드로 갈 생각 없소? 그곳은 우리 한
국 군인들이 지키고 있어 신변이 안전한 곳이요."

사라로서는 그게 기다리던 회답이었다. 사라는 한
대사를 올려다보았다. 꿈에서처럼 한 대사 이마에 주
름이 져 있었다.

"대사님, 이마에 주름이 졌네요. 전에는 없었는
데……."

사라는 그 주름을 펴주고 싶었으나 참아 손을 댈 수

없었다.

"주름이야 세월 탓인 걸……저, 발라드로 가겠소?"

사라는 그 질문에는 대답하고 싶지 않았다.

"그럼 이 집은 누가 지켜요?"

"사람을 두든가 해야겠지."

"남을 두면 집을 망치기 쉬워요. 그리고 경비도 들고
요……."

"사라 약소하지만 사라 방 경대에 내 용돈 좀 놔두었
소. 경비는 그걸로 충당해 보든지."

"제가 여기에 남아 집을 지키겠어요. 저는 괜찮아요.
지난 3년간도 잘 있어왔지 않아요. 앞으로도 별 일 없
을 거예요. 대사님 돌아오실 때까지 이 집 지키고 있겠
어요. 그게 제가 할 일이에요."

"지금으로서는 언제 돌아올지 모르겠소. 모가디슈에
다시 들어와 대사관을 연 나라는 이탈리아와 이집트뿐
이요. 여기 정정이 불안하기 때문이요. 설사 안정된다
해도 한국대사관이 다시 들어올지는 모르겠소. 안 들
어올 가능성이 많소. 설사 들어온다고 해도 다른 대사
가 올 것이요. 그러니 이게 마지막이 될 것 같소."

'마지막'이라는 말에 사라는 고개를 번쩍 들어 한 대

사를 다시 올려다보았다. 그 눈에 놀람과 절망이 함께
짙은 안개를 지폈다. 마지막이라니, 그런 말을 어떻게
그렇게 쉽게 말하는지 야속한 생각이 들기도 했다.

"사라, 이만 가봐야겠소. 몸조심하고 잘 있으시오."

그렇게 말하는 한 대사의 얼굴이 굳어지면서 처연한
표정을 지었다. 이태리대사관과 꿈에서 본 그 처연함
이었다. 그 처연함은 사라가 다시 보고 싶은 정표였으
나 두 사람의 인연이 마지막에 온 것을 의미하기도 했
다. 사라는 식당 바닥에 꺼지듯 주저앉고 말았다. 한
대사는 그러는 사라를 잠깐 내려보다 등을 가볍게 도
닥여 주고 식당을 나갔다.

사라는 일어나 2층 신단에 올라가 엎드려 빌었다.

"신령님, 한 대사님이 마지막이라고 말씀하셨지만
저는 마지막이라고 생각하지 않습니다. 대사님을 또
뵙도록 해주십시오. 그리고 대사님을 보호하셔서 무사
히 발라드로 돌아가시도록 해주십시오. 제발 저의 청
을 꼭 들어주시기 바랍니다."

조금 있다 아래 뜰에서 지프차 시동 소리가 났다. 차
가 굴러가는 소리에 이어 대문이 여닫히는 소리가 났
다. 사라는 일어날 수가 없었다.

상수리나무

11

한 대사가 떠나고 1시간 정도 지났을 때였다. 시내
아래쪽 대통령궁 근처에서 총소리가 났다. 한동안 잠
잠하던 총소리가 꽤나 오랫동안 요란하게 났다. 사라
는 한 대사가 걱정되었다. 한 대사는 관저를 떠나면 시
내에 있는 미군부대에 들러 업무협의를 한다고 했는데
거기에 있는 동안 별일이 없는지 걱정이 되었다. 사라
는 목탈을 시켜 무슨 일이 벌어졌는지 알아보라고 했
다. 한 시간 후에 돌아온 목탈에 의하면 모하메드와 아
이디드 양진영의 군대가 무력충돌을 벌리고 거기에 미
군도 개입했다는 것이다. 사라는 한 대사가 걱정이 되

어 견딜 수 없었다. 다시 신단에 가서 아비나 신령께 한 대사를 안전하게 지켜달라고 빌었다.

사라는 무거운 발걸음으로 탈레 호텔에 갔다. 한 대사가 걱정되어 일이 손에 잡히지 않았다. 오후에 쇄마가 찾아왔다. 상기된 얼굴에서 다급한 말소리가 튀어나왔다.

"사라 씨! 비비씨 방송 들었습니까?"

영국의 BBC 방송은 한때 영국 식민지였던 소말리아에 관심을 갖고 그 나라 소식을 전해주는 특별 프로를 운영하고 있는데 그 소식이 상당히 개관적이고 공정하여 소말리아 지식층은 그 프로를 많이 듣고 있었다.

"못 들었는데요. 무슨 소식이 있습니까?"

"방금 전에 그 방송을 들었는데 오늘 오전에 시내에서 군벌간 싸움이 벌어지고 그 와중에 한국 대사가 부상을 당해 후방으로 이송되었다고 했습니다. 한 대사가 걱정됩니다."

사라는 눈앞이 캄캄했다. 아무것도 보이지 않아 한동안 장승처럼 서 있었다. 그러나 곧 바로 정신을 차리고 한 생각을 틀어쥐었다.

"제가 발라드에 가야겠습니다."

"발라드는 왜요?"

"대사님께서 오늘 아침 일찍 관저를 떠나시면서 시내 미군부대에 잠깐 들렸다가 발라드로 가신다고 했습니다. 제가 발라드에 가서 간호를 해야겠습니다."

"그곳은 여기서 120키로나 떨어져 있는데 거기를 어떻게 갑니까?"

"그래도 가봐야 합니다. 저 오늘은 이만 일을 작파하고 집에 가겠습니다. 그렇게 주방 사람들에게도 양해 좀 구해주세요."

사라는 어떻게 왔는지 모르게 관저에 돌아왔다. 바로 목탈을 불러 쇠마가 알려준 소식을 전하고 상의했다.

"한 대사가 계신 곳에 가봐야겠습니다."

"어디 계신지 압니까?"

"한 대사 말씀으로는 한국 평화유지군의 본거지는 발라드이고 현재 작업하고 있는 곳은 다우드라고 했습니다. 다우드는 얼마나 멀지요?"

"한 100키로 될 것입니다."

"걸어서 하루거리군요. 우선 거기에 가서 한 대사를

뵈면 다행이고 그곳에 안 계시면 발라드로 가겠어요."

"걸어서 갑니까?"

"별 수 없지요. 차도 없고, 일반 버스도 없으니 할 수
없이 걸어서 가야지요."

"무리일 것 같은데요."

"죽어도 나는 가야합니다. 목탈 씨가 함께 가주시면
제일 좋겠는데……."

사라의 가겠다는 의지가 너무나 강해 목탈은 말릴
수 없었다.

"음……사라 씨 혼자 가게는 할 수 없지요. 나도 함
께 가겠습니다."

"감사해요. 오라버니."

처음으로 그를 오라버니고 불렀다. 목탈은 사라의
먼 친척이었다.

"그럼, 오라버니, 우리 준비하고 내일 아침 일찍 떠
나도록 합시다."

"뭘 준비하면 되지요?"

"우선 먹을 것을 준비해야 해요. 이렇게 하지요. 쌀
을 볶아 미수가루를 만듭시다. 그걸 전대에 넣어 차고
가는 겁니다. 그리고 염소고기로 육포를 만들어 싸가

지고 갑시다."

"좋소. 그럼 사라 씨는 미수가루를 만드시오. 나는 염소 육포를 준비하겠습니다. 그리고 물병도 구해 물을 넣어 가지고 가겠습니다."

그날 밤 늦게까지 둘은 가지고 갈 물건을 만드는데 정신이 없었다. 내의와 샌들 신발도 여벌로 챙겼다. 관저에서 쓰고 남은 머큐로크롬 한 병도 가방에 넣었다. 목탈은 식칼을 종이에 싸서 넣었다. 길에서 강도라도 만나면 싸울 심산이었다.

그 이튿날 아침 일찍 둘이는 떠났다. 무거운 짐은 목탈이 자기 배낭에 넣어 짊어지고 가벼운 물건은 사라의 손가방에 넣고 집을 나섰다.

두 사람은 공항에서 케냐까지 남으로 이어지는 국도를 탔다. 공항을 벗어나는 지점에 군인초소가 있었다. 군인들이 그곳에서 나가고 들어오는 사람을 검사하고 있었다. 두 사람도 검사를 받았으나 한국대사관을 팔아 무사히 통과했다. 한국대사관은 청룡부대 덕분으로 우대를 받고 있었다.

국도는 이름만 좋았지 관리가 안 되어 조잡하기 짝이 없었다. 그래서 걷는 것이 배나 힘들었다. 목탈은 쉬엄쉬엄 가자고 했으나 사라는 그럴 여유가 없다고 하면서 서둘렀다. 그렇게 몇 시간을 가자 목에서 단내가 나고 다리가 팍팍해져 걷는 것이 힘들었다. 허나 사라는 쉼 없는 강행군을 재촉했다. 햇볕은 따갑고 바람은 없어 온몸이 땀으로 범벅이 되었다. 사라의 이마에는 땀에 젖은 머리칼이 달라붙고, 콧날과 눈썹에 황토색 먼지가 끼었으나 사라는 개의치 않고 걷는데만 열중했다. 그런 사라를 보면 걸음을 재촉하는 게 사라가 아니라 어떤 엄청난 의지였다.

한 50키로 쯤 갔을 때였다. 길 가 우거진 갈대숲에서 햇볕에 검게 탄 청년 네 명이 튀어나왔다. 손에 칼을 쥐고 휘두르면서 다가와 무조건 통행세를 내라고 했다. 목탈이 앞으로 나서서 물러가라고 호통을 쳤으나 그들은 세금을 내지 않으면 갈 수 없다고 거듭 위협했다. 목탈이 자기 옷에서 지폐 서너 장을 꺼내들어 보이면서 가져가라고 했다. 가장 큰 놈이 다가왔다. 그때 목탈이 비호같이 그놈의 목을 틀어쥐고 길에 내팽개쳤다. 그리고 나머지 놈들에게도 칼을 겨누며 달려들었다. 그러자 그들은 놀라 도망쳤다. 군대에서 익힌 목탈의 제압 솜씨에다 그들이 서툰 도둑들이라 이쪽의 완

승으로 사태를 수습할 수 있었다. 사라는 불안해졌다. 밤이 되면 같은 강도 사건이 몇 번이고 벌어질 것 같아 해지기 전에 다우드에 도착해야 했다. 가는 길을 더욱 서둘렀다.

다우드까지는 길가나 들판에 집이 없었다. 들판은 개간하지 않고 그냥 버려둔 땅이었다. 어쩌다 나무 몇 그루 있는 곳이 나오면 그곳에서 잠깐 쉬어 물도 먹고 음식도 먹었다. 오후가 되자 샌들 줄이 견디지 못하고 끊어져 새 것으로 갈아 신었다. 무릎이 아프고 발바닥이 부르터 걷기에 불편했지만 사라는 자신을 몰아세우며 가는 길을 재촉했다.

8시간여의 고행 길을 거친 끝에 오후 4시경 다우드에 도착했다. 그곳에는 사람이 사는 마을이 있었다. 길가 집에 들러 한국군의 사업장을 알아가지고 그곳으로 갔다. 네 개의 텐트가 쳐있는 막사가 있었다. 한국 병사를 붙잡고 자기들의 신상을 밝히면서 온 이유를 설명했다. 부상을 당한 한 대사가 다우드로 왔다는 소식을 듣고 간병에 도움이 될까하여 왔다고 했다. 그 병사는 방문객을 상사한테 데리고 갔다. 상사는 한 대사를 잘 안다고 하면서 친절하게 대해주었다. 그리고 어떻게 그렇게 멀고 위험한 길을 걸어서 왔냐고 하면서 혀를 내둘렀다. 그러나 상사의 말은 정작 두 방문객을 실망시켰다. 한 대사는 다우드에 있지 않고 발라드로 이송되었다는 것이다. 두 방문객이 크게 낙담하는 것을 본 상사는 차를 내줄 테니 타고 빨리 발라드에 가보라고 했다.

차를 탄 덕분에 30여 분 걸려 황혼 무렵 발라드에 도착했다. 그곳에는 더 많은 텐트가 쳐져 있고 한국 군인도 많아 보였다. 한국 군인은 두 사람을 반가이 맞아주었다. 그리고 한 막사로 안내했다. 거기에서 이틀 전에 관저에 왔던 낯익은 군인 세 명을 만났다. 구세주를 만난 듯 반가웠다. 그런데 그들은 우물쭈물하면서 미안한 표정을 지었다.

"저……한 대사님을 뵈러 오셨지요? 그런데 어쩌지요? 대사님은 케냐 나이로비로 가셨습니다. 거기서 치료를 받고 있을 것입니다."

"어디를 다치셨나요?"

"허벅지에 총상을 입었다고 합니다."

"부상이 심한가요?"

"총알이 허벅지를 관통했다고 합니다."

"그럼, 생명에는 지장이 없는가요?"

"그렇게 들었습니다만……."

말끝을 흐리는 것을 보면 한 대사가 중상을 입은 것 같았다. 사라는 앞이 캄캄했다. 이제 어떻게 해야 한단 말인가?

"사라 씨, 너무 걱정 마세요. 나이로비 병원은 선진 국 수준이니까 치료가 잘 될 것입니다. 너무 걱정 마세 요."

"저 케냐에 가겠습니다."

"그건 불가능합니다. 전쟁 통에 모든 교통수단이 끊 겼습니다. 위험해서 걸어서 갈 수도 없고요."

"그럼 어쩌지요?"

"……집으로 돌아가시는 게 좋을 것 같습니다. 집에 가셨다가 형편을 보아 거취를 결정하시지요."

사라는 고개를 꺾고 말을 못했다.

"오늘 밤은 이미 늦었으니까 여기 막사에서 주무시 고 내일 제가 모가디슈 집까지 모셔다드리겠습니다."

"괜찮겠습니까?"

"오실 때 길에서 봉변을 당하지 않았습니까. 위험하 니 제 차를 타고 가셔야 합니다."

"그래 주시면 감사하겠습니다."

"여기 군인들 모두 한 대사를 존경합니다. 우리 부대장도 기꺼이 제 제의를 허용할 것입니다. 잠깐 계시오. 내 우리 부대장님과 상의하고 오겠습니다."

그 군인은 환한 얼굴로 돌아왔다. 부대장도 허가했다는 것이다. 군인들의 배려로 두 사람은 막사 한 구석에서 하루 밤을 묵었다. 그리고 그 이튿날 한국 군인이 모는 지프차를 타고 2시간여 만에 모가디슈로 돌아왔다.

관저에 돌아온 사라는 이층 신단에 가서 아비나 신령에게 참고 있던 불평을 털어놨다.

"신령님, 한 대사님이 그제 아침 시내에서 벌어진 전쟁에 휘말려 다치신 것을 아시지요?"

"아, 그런 일이 있었느냐? 안 되었구나."

"안 되었구나가 무슨 말씀입니까! 왜 한 대사님이 부상당하시는 것을 보고만 계셨습니까!"

"그럼 내가 어쩌란 말이냐? 그런데 네 말씨가 왜 그러냐! 공손치 않구나."

"부상을 당하시지 않도록 미리 조치를 했어야 하지

요. 왜 그걸 안 하셨습니까!"

"나는 그런 것까지 할 능력이 없다."

"능력이 없다는 게 무슨 말씀입니까! 신령님은 이 지상에서 일어나는 일을 다 알고 계시고 관여하지 않습니까! 그러니 한 대사님이 부상당할 위험에 있는 것도 미리 알고 계셨던 것 아닙니까. 미리 알고 있으면서 왜 방지하지 않았습니까!"

"한 대사의 안위 문제는 그의 천운에 달려있다."

"그 천운도 신령님이 관여하지 않습니까?"

"아니다. 천운은 나도 어쩔 수 없다. 나는 천운과 인간을 매개하는 일을 할뿐 천운 자체는 나도 어쩔 수 없다."

"신령님! 그렇게 발뺌을 하시면 어쩝니까! 제가 지금까지 신령님을 모시고 그분의 안전을 지켜달라고 얼마나 애원했습니까. 그런 저의 정성을 외면하시고 한 대사님을 모르쇠라 하시다니 정말로 섭섭합니다."

"네 말이 무례하고나! 모르쇠를 하는 것이 아니라 그 일은 내 능력 밖이란 말이다."

"아닙니다. 신령님은 만능이십니다. 사람들은 다 그렇게 믿고 신령님께 의지하는 게 아니겠습니까! 저도 그래왔습니다."

"한 대사가 그렇게 걱정이 되느냐?"

"지금 한 대사님은 나이로비 병원에 입원하여 계십니다. 그분의 용태가 위중하다는 소식을 들었습니다. 정말 어떻습니까? 제발 완쾌하시도록 손을 써주십시오."

"너에게 물어보아라."

"그게 무슨 말씀입니까?"

"네 마음에 한 대사가 있지 않느냐! 네 마음에 있는 그 사람을 네가 돌봐야지 누가 돌본단 말이냐."

"저 같은 미천하고 무능한 인간이 어떻게 그분을 돌볼 수 있습니까! 그래서 신령님께 부탁하는 것이 아닙니까!"

"사라야, 너에게 한 대사는 어떠한 사람이냐?"

"그걸 몰라서 물으십니까!"

"그 사람을 사랑하느냐?"

"사랑하는 게 아니라 존경합니다."

"존경하는 마음 가지고는 그렇게까지 그 사람을 걱정하고 위할 수는 없다. 너는 분명 그 사람을 사랑하고 있다."

"존경은 사랑이 아니라 그리움입니다."

"그게 그것 아니냐?"

"아닙니다. 사랑은 육신을 가졌지만 그리움은 육신이 없는 영혼입니다."

"그게 어쨌다는 말이냐?"

"육신을 가진 사랑은 소유욕입니다. 소유욕은 남을 내 것으로 만들려고 하는 욕심입니다. 그러나 육신이 없는 영혼은 나를 상대방에게 온전히 바치고 싶은 순수한 감정입니다."

"네가 나를 가르치려 드느냐?"

"그게 아닙니다. 신령님께서 제 본심을 너무나 몰라주셔서 하는 말입니다."

"네 말을 들으면 너는 한 대사를 신령처럼 모시는구나."

"네 그렇습니다."

"뭐라고! 나 말고 다른 신령을 모신단 말이냐! 그건 금기인 것을 모르느냐!"

"……."

"잔소리 말고 한 대사는 천운에 맡기고 너는 나에게 돌아오라. 그래야 내가 너를 돌봐줄 수 있다."

"저는 돌봐주시지 않아도 괜찮습니다. 제발 한 대사님이 무사하시도록만 해주십시오. 그분은 저의 목숨과도 같습니다. 그분이 잘 못 되면 제 목숨도 다 하게 됩니다!"

"너의 목숨에는 한 대사만 있고 나는 없구나. 그럼 할 수 없다. 이걸로 너와의 인연은 끝이다."

"……."

"그러나 이건 명심해 두어라. 네가 나를 배신하고 떠나면 그에 따른 응징이 반듯이 있을 것이다."

"어떠한 응징도 달게 받겠습니다. 대신 제발 한 대사님께서 무사하시도록만 해주십시오. 다시 한 번 간청드립니다."

"안 되겠다. 어서 내 곁을 떠나거라!"

사라는 한동안 실신하고 있었다. 겨우 정신을 차렸을 때는 온 몸이 부들부들 떨렸다. 아비나 신령은 나보고 자기를 배신했다고 했지만 신령이 한 대사님을 배신한 것이다. 이제 누가 한 대사님을 보호해줄 것인가. 허탈하고 겁도 났다. 사라는 뒷담에 있는 상수리나무에게로 달려갔다. 무릎을 꿇고 우러러보며 간절히 빌었다.

'상수리나무의 신령님이시여! 아무쪼록 한 대사님께서 무사하시도록 지켜주십시오. 신령님이 가지신 그 영험한 생명력을 한 대사님께도 나눠주십시오. 그분이 부상을 이기시고 상수리나무처럼 굳건히 살아가시도록 보살펴주십시오. 비나이다.'

오후 늦게 사라는 집을 나와 호텔 일터로 가고 있었다. 온 몸에 힘이 빠져 걷는 게 걷는 것이 아니었다. 정신도 혼미해지고 눈도 저절로 감겼다. 감긴 눈에 어렴풋한 황야가 보였다. 나무도 없는 목마른 땅을 자기 혼자만 걷고 있었다. 어디선가 비정한 말들이 바람결에 들려왔다.

"너와의 인연은 끝이다. 너를 응징하겠다."

아비나 신령의 매정한 말이었다. '끝이다'의 끝은 뭣을 의미하는가? 내가 가는 길이 벼랑 끝에 왔다는 말이 아니겠는가. 응징은 또 뭣인가? 나를 그 벼랑 끝에서 아래로 내치겠다는 것이 아닌가. 한 대사가 중상을 입었다는 데도 아무 도움이 못 되는 나는 살아서 뭣하겠는가. 차라리 벼랑 밑으로 사라지는 것이 속죄하는 길이 될 것이다. 또 다른 소리도 들려왔다. 한 대사가 처연한 표정을 지으면서 한 말이었다.

"이게 마지막이 될 것 같소."

마지막이라니! 나의 갈 길이 마지막에 왔다는 의미
가 아닌가. 처연한 표정은 어찌된 영문일까? 나와의
이별을 아쉬워했을까? 그보다는 이제 두 사람은 영원
히 헤어져야 한다는 사실에서 우러난 감상이 아닐까?
그 헤어지는 길이 마지막에 온 것이다. 끝에 다다른 것
이다. 그런데 그 끝에 뭔가가 있었다. 검은 구름이었
다. 그게 스멀스멀 다가왔다. 다 와서는 입을 쩍 벌렸
다. 그 입에서 시뻘건 눈을 가진 시뻘건 입이 튀어나왔
다. 아프라의 시뻘건 입이었다. 사라는 뒤로 물러섰다.
물러서다 뭣엔가 부딪쳤다. 깜짝 놀라 깨었다. 머리가
나무에 부딪쳐 아팠다.

호텔 주방에 들어가 일을 하려해도 몸이 흐물흐물
말을 듣지 않았다. 몸에 힘을 넣어 옥죄려고 해도 마음
대로 되질 않았다. 설거지라도 해야겠다고 자신을 다
잡으면서 그릇을 집어 들었으나 놓치고 말았다. 그릇
깨지는 소리에 옆에 있던 동료들이 깜짝 놀라 사라를
쳐다보았다. 사라 왜 그래? 힘이 하나도 없어 보여. 어
디 아파? 괜찮아요. 곧 낳아질 겁니다. 아냐, 저쪽 구

석방에 가 쉬었다 나아지면 일 해. 응! 동료들의 성화를 못 이겨 사라는 구석방에 가 쉬었다. 조금 나아지는 것 같아 작업장에 되돌아갔다. 그러나 동료들은 그 얼빠진 상태로는 일할 수 없으니 집에 가서 쉬는 게 좋겠다고 했다. 주방장님! 사라가 아파요. 오늘은 집에 가서 쉬게 하는 게 좋을 것 같아요. 그래? 정말 사람이 하루 밤 사이에 몰라보게 수척해졌군. 사라, 오늘은 일찍 끝내고 집에 가서 쉬어요. 미안해서 어떻게 해요. 그런 걱정은 말고 빨리 집에 가서 몸조리를 잘 해. 사라도 자기가 일을 해야 제대로 할 수 없을 것 같고 억지로 했다가는 사고만 칠 것 같았다. 집으로 돌아가기로 했다.

사라는 자기를 자주 도와주던 델티에게 갔다. 자기를 친언니처럼 따르는 애였다. 사라는 왼손에 낀 반지를 빼서 평소 그걸 부러워하던 그 동생에게 주었다.

"아니! 언니 웬 일이요? 이 귀한 것을 주다니……."

"귀한 것이니까 주는 거야. 어머님이 지부티로 떠나면서 나에게 준 것이야."

"그런 귀한 것을 왜 저에게 주시는 거예요?"

"델티는 그것보다 더 귀한 사람이니까."

"언니! 왜 그래요? 갑자기 딴 사람이 된 것처럼……."

"그건 이제 나에게는 필요치 않은 물건이야. 그러니까 주는 거야. 개의치 말고 가져."

사라는 해가 아직 남은 시간에 호텔을 나왔다. 호단 길에 들어섰으나 눈은 어눌하고 발은 허청거렸다. 아까부터 호텔의 지붕 위에 웅크리고 앉아있던 독수리 두 마리가 하늘로 나르더니 따라왔다. 사라가 비틀거리니까 곧 쓰러질 먹이감으로 아는 모양이었다. 그놈들의 새빨간 눈과 새빨간 입이 사라를 노리고 있었다. 사방에서 핏발선 입과 눈이 쫓고 있었다. 이제는 그게 무섭지 않았다. 드디어 올 것이 왔구나 하는 담담한 심정이었다.

길에서 행인들이 이야기를 하며 지나가고 있었다. 그런데 모두 자기와는 반대 방향으로 가고 있었다. 전에는 한 방향으로 갔기 때문에 정이 들어 붙잡고 이야기 하고 싶은 충동이 일었다. 그러나 지금은 자기와는 엇갈린 길을 가고 있으니 그들을 붙잡고 애기해볼 마음이 들지 않았다. 설사 해본들 말이 통할 것 같지 않았다. 길가의 집들, 엉성한 나무들, 가끔 들리던 시장터 등 모든 익숙한 사물들도 자기의 뒤 방향으로 점점 멀어지고 있었다. 자기만 홀로 앞으로, 길 끝을 향해 걸어가고 있었다. 뒤로 사라지는 것들이 아쉬운 생각도 들었지만 이제는 그것들은 그렇게 작별해야 할 것들이었다. 홀로 가는 길이 외로웠으나 그렇지만도 않았다. 동반자가 있었다. 집에 있는 상수리나무와 목욕실이었다. 길이 다 하기 전에 그 두 동반자를 챙겨 봐야겠다는 생각이 욱 치밀려왔다. 그제야 발에 힘이 붙고 거름을 재촉할 수 있었다.

집에 도착하자 바로 상수리나무한테 가보았다. 전과 다름없이 꿋꿋이 서 있는 나무, 한 대사와 얽힌 수많은 아름다운 사연을 지켜본 산 증인이었다. 한 대사가 사라 자기를 지참금의 굴레로부터 해방시켜준 일, 학질로부터 살려준 일, 한 대사가 구조기 탐승 교섭차 이태리대사관에 가기 전날 밤, 격전지를 무사히 잘 다녀오기를 빌고 빌던 일. 그 외에도 무슨 일이 있을 때마다 상수리나무에게 무릎을 꿇고 별일이 없도록 해달라고 빌었던 일……상수리나무는 그렇게 나의 아름답고 슬프기도 한 사연을 간직하고 있다가 내가 없는 이 세상의 누군가에 유산으로 남겨줄 것이다. 그러면 그 누군가는 그 유산을 풀어보면서 나를 위해 눈시울을 적셔

주지 않을까. 그런 사람이 한 사람이라도 있다면 나는 저 세상에 가도 행복할 것인데…….

또 하나의 유산이 있었다. 그 유산은 누군가에 남겨 주는 것이 아니라 사라 자신이 끝까지 가지고 가야할 유산이었다. 목욕실 사연이었다. 그 사연은 너무나 아름답고 황홀한 것이어서 그걸 꺼내 보는 것만으로도 흠집을 낼 것 같아 자신에게도 숨겨온 보물이었다. 뿐만 아니라 그 보물은 마주하기가 부끄럽고 과분한 탓에 숨겨오기도 했다. 그러나 이제 가는 길의 마감에서 그 보물은 자신의 마음속 깊은 곳에 품고 가야할 행복한 추억이었다. 행복한 추억만이 천국의 열쇠라고 누군가 한 말이 있지만 천국이 아니고 지옥이라도 그 추억만큼은 꼭 지니고 가야했다.

1월 4일 아침, 대문을 부수고 쳐들어오려고 하는 무장강도를 목탈이 퇴치하여 모두들 한시름 놓고 있었다. 그러면서도 또 그런 일이 재발할지 몰라 불안해 하고 있었는데 그날 오후 4시 경, 그 불안이 사실로 적중했다. 사라가 보니 뒷담 너머 레바논 여인이 살던 집에 강도가 들어 약탈하고 있었다. 그 집 주인은 집을 하인들에게 맡겨 둔 채 피난 가고 없었다. 총을 든 괴한 10여 명이 그 집 위아래 층을 오르내리면서 값나가는 물건들, 냉장고, 텔레비전, 책상, 고급 그릇 등을 마당에 끌어내고 있었다. 그곳에 모여든 20여 명의 아이들이 이따금 끌어낸 물건을 슬쩍 뒤로 빼돌리려고 하면 괴한들은 총대를 위아래로 흔들면서 아이들을 뒤로 밀쳐냈다. 물건들을 들어내는 약탈자들은 아무런 꺼리낌이 없었다. 마치 전장의 승자가 전리품을 거두어들이는 것처럼 위풍당당했다. 그 위세로 보아 약탈자들의 다음 목표는 한 대사 관저일 것이 분명했다. 사라는 2층 한 대사에게 달려갔다. 뒷집에서 벌어지고 있는 변고를 알려주면서 신변이 안전한 곳으로 자리를 옮기라고 권유했다.

한 대사도 다른 곳으로 피신해야 한다고 생각했다. 그렇지만 몸이 불수에 걸린 것처럼 말을 듣지 않았다. 집을 나가야 갈 곳도 없고, 나가본들 그곳이 안전하리라는 보장이 없었다. 오히려 길거리를 헤매다 약탈자의 먹잇감이 되기 십상이라는 것을 몸이 더 잘 알고 있었다. 그래도 안전한 곳은 숨기에 알맞은 자기 방 목욕실이었다. 그는 목욕실 안으로 들어가 창 너머로 뒷집을 살폈다. 갑자기 괴한 세 명이 뒷담을 넘어 관저로 기어들어오는 것이 보였다. 어! 이거 큰일 났구나 하면서도 우두망찰하고 있는데 벼락 같은 총소리가 났다. 목탈이 도둑들을 향해 총을 쏜 것이었다. 동시에 그에 응사하는 괴한들의 총소리도 난장을 쳤다. 맞서 싸우는 총소리가 집안에 울려 대포소리만큼 컸다.

그때였다. 한 대사가 잘못될까 걱정되어 뒤에서 내내 지켜보고 있던 사라가 목욕탕에 뛰어들었다. 벼락 같이 한 대사를 잡아 바닥에 누이고 자신의 몸으로 그의 가슴 위를 덮쳤다. 총탄을 자기 몸으로 막으려는 것이었다. 총탄은 다행히 목욕실 천정을 뚫고 지나 손님방 벽에 꽂혔다. 뭔가 부서지는 요란한 소리를 들으며 사라 밑에 깔린 한 대사는 총소리보다는 바로 자기 눈 앞에서 자기를 내려다보고 있는 사라의 화등잔만한 눈을 보고 더 놀랐다. 그 와중에서도 냄새가 느껴졌다. 땀 냄새와 여인의 몸에서 풍기는 냄새가 섞여 코를 자극했다. 그는 일어나려고 윗몸을 일으켰다. 그러나 사라가 잽싸게 바닥에 눌러놓고 못 일어나게 막는 바람에 다시 눕고 말았다. 사라의 누르는 팔 힘이 예사롭지 않게 센 것을 느꼈다. 그렇게 얼마를 지나자 밖에서 총소리가 멈추고 조용해졌다. 눌린 가슴이 답답해진 그는 사라를 밀치고 일어났다. 밀쳐진 사라는 그대로 바닥에 엎어진 채 일어날 줄을 몰랐다. 그는 사라가 다쳐서 못 일어나는가 걱정되어 살펴보았으나 그런 것 같지는 않았다. 그저 두 눈을 감고 바닥에 엎어져 있었다. 일어날 것 같지 않았다.

두 몸이 덮친 시간은 잠시였지만 사라에게는 영원한 시간이었다. 영원한 시간은 시간이 아니라 황홀한 흐름이었다. 그 흐름에 몸을 맡기고 어디론가 한 없이 흘러갔다. 가고 가다 고향의 어릴적 개천을 만나 흐름을 바꿔 타고 마냥 흘러갔다. 햇살은 따스하고 물결은 감미로웠다. 평안하고 행복했다. 고향의 개천은 어느새 밤하늘의 은하수였다. 눈부시게 아름다운 은하수에서 까치소리가 났다. 바이두 지부에 연금되었을 때 창밖에 와서 길조를 알리던 까치였다. 까치가 몸으로 다리를 놓고 손짓을 했다. 사라는 직녀였다. 까치 다리를 밟고 건너고 있었다. 저 편에서는 견우가 오고 있었다. 한 대사였다. 두 큰 별은 까치 다리 한 복판에서 만나 양손을 잡았다. 밝고 맑은 동료 별들이 영롱한 축복을 해주고 달은 몸을 반 숨긴 채 수줍은 축하를 해주었다.

그때였다. 두 큰 별의 상봉을 시샘하던 용, 미르가 지상으로부터 불쑥 치솟고 올라와 두 큰 별의 잡은 손을 갈라놓았다. 갈라놓는 힘이 어찌나 센지 그 서슬에 사라는 깜짝 꿈에서 깨었다. 한 대사가 사라의 손을 잡고 일으키고 있었다. 한 대사를 면바로 볼 수 없었다. 한 대사를 손으로 잡다니, 덮치다니, 부끄럽고 잘 못된 것 같아 얼굴이 화끈거렸다. 고개를 푹 숙이고 얼른 먼저 목욕실을 빠져나왔다.

목욕실에서 일어난 일은 신비했다. 견우와 직녀가 7월 7일에 만나는 이야기는 한 대사 부인이 언젠가 들려준 이야기였다. 그 설화가 꿈에서 현실로 재현되어 사라는 행복했다. 그리고 그런 분수에 넘치는 행복을 누린 자신이 스스로 생각해도 대견했다.

아프라는 핫산을 통해서 한 대사가 관저에 와 하루 밤 묶고 갔고, 사라가 발라드에 가서 한 대사와 하루 밤을 지내고 왔다는 사실 아닌 보고를 받고는 자신이 완전히 무너져 내리는 것을 느꼈다. 무너져 내려 아예 죽었다. 죽은 자기에게 살아남은 것은 자신에 대한 한 없는 부끄러움과 사라에 대한 불 같은 증오뿐이었다.

드디어 두 감정은 절제의 한계를 넘어 사라를 해치울 칼을 갈았다. 이런 나를 사람들은 무도한 인간이라고 매도할 것이다. 그러나 사라를 처치함으로써 내가 산다는 것을 그들은 모른다. 나를 살리기 위한 나의 행동에 대한 잘, 잘못 판단은 마호메트 예언자의 말씀대로 최후의 심판날에 하나님만이 내려줄 것이다. 그러니 내 뜻대로 밀어붙이자.

아프라는 자기 돈으로 관리하는 10명의 부하를 불러놓고 그날 밤 할 일을 설명했다.

"오늘 밤 우리는 간통을 저지른 불륜의 여자를 처단해야 한다."

그 여자는 버젓한 남편을 놔두고 외간 남자와 간통을 했다. 코란에서 금지하는 불륜을 저지른 것이다. 회교율법에서는 그런 간통하는 여자는 돌로 쳐 죽이라고 가르치고 있다. 그 가르침이 우리 사회의 관습이 되고 있는 것은 너희들도 잘 알고 있는 사실이다. 우리는 오늘 밤 그 성스러운 율법과 관습을 시행해야 한다. 뿐만 아니다. 그 여자는 코란에서 가르치는 유일신 알라를 배반하고 잡신인 아비나 신을 섬기고 있다. 알라신을 배반하는 여인은 처형당해야 마땅하다. 그러니 여러분

들은 오늘 밤 나를 도와 그 불륜의 여자, 배신의 여자
를 처치해야 한다, 그게 알라신을 믿는 우리의 소명이
다.

"그 여자가 누굽니까?"

"사라라는 여자다."

"누구와 간통했다는 것입니까?"

"한국대사관의 대사다."

부하들 중에 약간 동요하는 조짐이 보였다.

"그 여자는 나도 아는데, 그럴 여자가 아닌 것 같던
데."

"그럼 내가 거짓말 한단 말인가?"

"……."

"여러분들! 내가 수고비를 주겠소. 그 돈을 가지면
앞으로 배곯는 일은 없을 것이오. 우선 그 헌 옷들을
버리고 새 옷을 사 입으시오."

부하들은 총만 들었지 행색은 초라했다. 군인 복장
이 아니고 집에서 입는 허름한 옷을 그대로 입고 있었
다. 못 먹은 탓으로 얼굴도 몸집도 깡말라 있었다. 전
쟁이 강요한 기근 탓이었다. 그러니까 그 기근을 모면
하게 해준다는 아프라의 약속은 도저히 거절할 수 없

는 유혹이었다. 그리고 사라를 안다고 해도 적극적으로 방어할 만큼 친밀한 사이도 아니었다. 거기에다 종교적 명분도 있고 하니 그들은 아프라의 제의를 쉽게 받아들였다.

부하들은 아프라의 지시에 따라 거사 준비를 했다. 2미터 되는 널판을 구해와 십자가를 만들었다. 동아줄도 10미터 구했다. 호단 길에 있는 돌무덤에 가서 돌멩이를 한 자루씩 담아 가지고 왔다. 준비가 끝나자 그들은 아프라를 따라 한 대사 관저에 갔다. 관저 이층에 불이 켜져 있었다. 사라의 그림자가 창문에 어른거렸다.

아프라는 부하들에게 우선 십자가를 만들라고 했다. 군인들은 현관 앞 화단을 파고 나무 십자가를 세웠다. 이때 미레네 부부와 서너 명의 이웃사람들이 관저에 왔다. 많은 군인들이 관저에 모여 웅성거리는 것이 궁금해서 와본 것이었다. 군인들은 자기들이 사라를 처형하려고 하는 이유를 이웃 사람들에게도 설명해주었다. 그리고 회교신자들인 이웃들도 자기들이 하는 일에 협조해야 한다고 강조했다.

미레네 부부는 속으로 외쳤다.

"사소한 물건 몇 개 가져왔다고 해서 네가 우리를 밀어제치고 모욕을 주었겠다! 어디 두고 보자. 오늘 밤 꼭 앙갚음을 해주겠다!"

다른 이웃들도 별렀다.

"네가 외국 대사 집에 근무한다고 도도하게 굴더니, 잘 되었다. 오늘 밤 네 콧대를 꺾어놓고 말겠다. 더구나 간통을 했다니 가만히 놔둘 수 없다. 어디 두고 보자."

십자가 세우기기 끝나자 아프라는 부하에게 관저 이층 방에 가서 사라를 잡아오라고 명령했다. 그리고 자기는 차고에 숨어들어가 머리만 내밀고 부하들이 시키는 대로 잘 하는지 감시했다. 군인들은 사라 방으로 올라가 보고는 놀랐다. 사라가 말끔히 소복하고 머리도 단정하게 빗고 있었다. 그들이 오는 것을 미리 알고 기다리고 있는 것이었다.

군인들은 사라의 겉옷을 벗기고 속내의 위로 오라줄을 묶었다. 그런 다음 사라를 끌고 아래 화단으로 내려왔다. 그들은 아래서 기다리고 있던 다른 군인들과 함께 사라를 십자가에 묶었다. 사라는 아무 저항도, 말도 하지 않았다. 차분히 당할 것을 당한다는 표정이었다.

"왜 당신이 처형당하는지 아시오?"

"……."

"며칠 전 한 대사라는 사람이 여기 와서 묵고 갔지?"

"……."

"그 남자와 통정했지?"

"……."

"부정 않는 것을 보니 통정을 하기는 한 모양이군."

"……."

"당신은 버젓한 남편을 두고 다른 남자와 간통했다. 이건 코란에서 금지하는 패륜이다. 알라신은 그런 자를 돌로 쳐서 처형하라고 했다. 뿐만 아니라 당신은 알라신을 배반하고 잡신을 섬겼다. 배반자는 죽어야 마땅하다. 마지막으로 할 말이 없나?"

"저 한 가지 부탁이 있습니다."

오래 침묵하던 사라가 입을 열자 군인들은 놀랐다.

"무엇이냐?"

"제가 죽으면 시신을 북극성이 있는 동북쪽을 향해 묻어주십시오. 이것만은 꼭 들어주시기를 간청합니다."

차분한 말이었다.

"왜 하필 동북쪽이냐?"

"그렇게 해주십시오. 간청합니다."

"알겠다. 그 정도는 들어주겠다."

그 말이 끝나자 사라는 고개를 들어 동북쪽 하늘을 바라보았다. 그 눈에 맑은 하늘, 아름다운 별들이 떠 빛나고 있었다.

군인들 중 대장격인 사람이 명령했다.

"자! 지금부터 시작한다!"

군인들은 사라에게 돌을 던지기 시작했다. 이웃사람들도 돌을 던졌다. 수많은 돌멩이가 한꺼번에 사라의 이마, 몸에 와 박혔다. 이마에서 피가 흘러내려 눈을 적셨다. 갈비뼈가 우두둑 소리를 냈다. 각오는 했지만 몸이 찢어지는 고통은 참아내기 어려웠다. 이를 악물고 참았다. 이 고통은 한 대사를 만나기 위해 치러야할 의식이라고 여겼다. 그러자 고통은 희망이 되었다. 어서 죽기를 바랐다. 드디어 몸이 무덤덤해졌다. 돌을 맞을 때마다 몸은 둔탁한 소리만 낼뿐 반응은 하지 않았다.

느티나무가 보였다. 나무 아래에 길을 덮고 있는 뚜

껑이 보였다. 동북쪽으로 난 뚜껑이었다. 그걸 열고 지하로 내려갔다. 계단을 내려가는 몸이 가벼웠다. 모르는 사이에 몸이 벗겨진 것이었다. 몸을 벗어난 사라는 사뿐사뿐 계단을 내려갔다. 부모님과 함께 기거하던 방, 어머님이 등을 보이고 밥을 짓는 부엌이 나왔다. 마지막으로 자신이 어렸을 때 공부하던 방이 보였다. 황금빛으로 환한 그 방에서 한 대사가 어린 사라가 쓰고 있던 책상과 책꽂이를 어루만지고 있었다. 그분의 발치에 달려가 엎드렸다.

"대사님, 저 왔어요. 다치셨다는데 괜찮으세요?"

"······."

"치료는 잘 받고 있어요? 제가 치료해드려야 하는데 그러지 못해 죄송해요."

"······."

"이제는 대사님 곁에 갈 수 있어요. 보세요. 저는 지금 몸을 버린 연이예요. 저를 소말리아에 묶어놓고 있는 연줄을 끊었어요. 이제 저는 자유예요. 대사님이 계신 곳에 자유로이 갈 수 있어요."

"······."

"서울에 가고 싶어요. 그곳에서 대사님을 모시고 살

고 싶어요. 대사님 이마에 진 주름을 펴드리고 싶어요. 총 맞은 상처에 연고도 발라주고 싶고요. 저를 거두어 주세요."

사라가 한 발 다가가 한 대사의 이마를 만지려고 했다. 그러자 한 대사는 상수리나무였다. 나무를 껴앉았다. 그런데 상수리나무는 이미 사라 자신이었다. 그때였다. 마른벼락이 쳤다. 비가 오려나? 왔으면 좋겠다. 또 한 번 벼락이 이번에는 상수리나무를 쳤다. 부실한 윗가지가 우두둑 꺾여 내렸다. 사라의 목도 뚝 꺾여 가슴에 떨어졌다.

돌을 던지던 군인들은 가까이 가서 사라가 숨진 것을 확인했다. 그러고는 아프라에 보고하기 위해서 차고로 갔다. 다 갔을 때였다. 한 방의 총소리가 밤의 정적을 뒤흔들었다. 아프라가 피를 흘리며 시멘트바닥에 꼬꾸라져 경련을 일으키고 있었다.

사람의 말로 포착하기 어려운 여자

사라 씨에게 편지를 쓰려고 하니 첫머리를 뭐라고 쓸까 고민이 됩니다.

사라 씨라고 할까, My dear Sarah라고 할까, 아니면 근계(謹啓)로 할까? 한국어, 영어, 일본어를 다 동원해보아도 사라 씨를 부르기에 적합한 언어를 찾기 어렵습니다.

그만큼 사라 씨는 인간이 만든 언어로는 포착하기 어려운, 그러니까 언어의 인지능력을 초월해 그 너머에 있는 분이지요. 모나리자의 구원의 미소 같은 분입니다.

사라 씨가 한 대사에게 품고 있던 그 애틋한 정도 그렇습니다. 그 무구한 정을 언어로는 포착할 수 없으니까 사라 씨는 끝내 침묵을 지켰던 것 아닙니까? 잘 하셨습니다. 언어로 입 밖에 내었더라면 세상에서 굴러먹다 오염된 언어에 의해서 그 무구함이 부패했을 것입니다. 그걸 알고 그 무구함도 끝내 침묵을 지키면서 사라 씨의 그 애틋한 눈을 빌어 스스로를 발로한 것 아니겠습니까. 잘 된 일입니다. 그렇게 보존한 무구한 마음은 오염된 언어가 일으킨 전쟁 같은 재앙 속에서도 세상이 무너지지 않고 버티게 하는 받침목이 될 것으로 믿습니다. 그런 면에서 나는 사라 씨에게 감사를 드리고 싶습니다.

그런데 이해 못할 것이 있습니다. 그 애틋하고 무구한 정을 어째서 한 대사 같은 얼뜨기에 품고 있었느냐? 하는 것입니다. 한 대사, 그 사람 평생을 빈 지개만 지고 산 부실한 사람 아닙니까?

하기야 한 대사도 제 나름의 애틋한 정을 사라 씨에게 품고 있었지요. 그도 그 정을 우물쭈물하면서 끝내 들어내지 못했습니다. 그러나 그가 우물쭈물한 것은 언어의 장벽보다 빈 지개로 산 자신에 대한 불신에서 그랬던 것 아닐까요?

어쨌든 두 사람의 그 애틋한 정이 만날 수는 없을까

요? 있다고 사라 씨는 말했습니다. 이 세상이 아니라 별의 세계에서 말입니다. 언젠가 두 사람은 견우, 직녀 두 별이 되어 칠월칠석날 까치가 은하수에 놓은 오작교에서 만난다고 했지요.

그러기를 진심으로 바랍니다.

사랑나무 사라를 위하여

　'이생에 와서 그때 너를 만나 내 인생의 틀이 잡히고 행운이 무엇인가를 알았다.'

　작가 강신성은 이렇게 말할 수 있는 사람이 있다. 그 사람 그대로 보여주기가 소설 『사라 상수리나무』다.

　이삭족의 딸 사라 이야기는 단순 순박하다. 그래서 사라 이름이 '그저 본디 사람 모습을 산다'로 읽힌다. 이 표현은 작가의 창작 노고에 대한 경의다. 그러나 오늘날 소설이라는 것이 무용한 것이 되고 말아서 조금 읽어주기를 바라는 이런 발문은 또 다른 무망한 소설 쓰기가 될 뿐이다. 그래도 소설은 소설에게 가야 한다.

　상수리나무가 십자가를 바라보았다. 사라의 팔다리가 묶인 십자가. 알라 신의 율법 돌멩이들이 날아와 사라의 육신에 박히어 피를 쏟아냈다. 살이 찢기고 피가 솟구치고 정신이 날아가고 혼령이 빠져나간 사라의 육신은 홀로 외로움마저 놓아버렸다. 비로소 모가디슈 주재 한국 한 대사와의 순애보 끈이 잘려버린 것이다. 이 소설의 마지막 현상이다. 그렇게 본질은 없는 것으로 부활의 모태가 되고 있다. 마침내 사라는 자유의 하늘을 날아가며 소리의 열반에 들었다.

'사라는 사랑을 말할 수 없는 사랑나무여.'

소설은 이렇게 끝이 난 여기서 다시 시작된다.

사라는 기도하며 상수리나무 속에 들어갔다. 아니다. 상수리나무가 사라 속에 들어왔다.

'이제 나무는 사라로 살고 사라는 나무로 산다.'

이에 대한 묵상의 말은 뒤집히고 뒤집혀서 사람의 끝이 없는 곳에 이른다.

'하나님도 뉘우치신다.'

하나님 속에서 나무도 울고 사람도 울기 때문이다.

'참말로 사랑하는 사람은 나무로 산다.'

한 대사의 사람적 신성을 사랑하는 사라. 오직 나를 사는 사랑나무 사라. 그녀는 영원한 상수리나무다.

사라 상수리나무

1쇄 발행일 | 2023년 06월 20일

지은이 | 강신성
펴낸이 | 윤영수
펴낸곳 | 문학나무
편집 기획 | 03085 서울 종로구 동숭4나길 28-1 예일하우스 301호
이메일 | mhnmoo@hanmail.net

출판등록 | 제312-2011-000064호 1991. 1. 5.
영업 마케팅부 | 전화 | 02-302-1250, 팩스 | 02-302-1251
ⓒ강신성, 2023

ISBN 979-11-5629-163-3 03810